KB264038

정태춘 노래 시집

돌아보면, 저 20여 년이란 세월도 별일 없이 흘러갔다.

세계는 새로운 문명으로 소란스레 환골탈태 중이었고 내 삶은 나름 이리저리 엎치락뒤치락 대기도 했지만, 길게 보면 거기 한 인간의 삶이라는 것이 그저 보잘것없기로는 철없었던 젊은 시절이나 나이가 꽤 들어서나 별반 다를 것 없는… 그런 것들이었다.

어쨌든 노래를 만들지 않던 시절의 "이야기"들.

그들 중 일부가 붓글이 되었고, 그중 일부가 결국 멜로디를 얻게 되어 새 노래가 되었다. 그것들과, 또 최근의 이야기들을 함께 골라 책으로 낸다. 일기처럼, 그 글들을 쓴 시기도 밝히면서. 게다가 두서없이 사족 같은 해설과 함께.

음악도, 먹글씨의 표정과 몸짓들도 다 뺀 벌거숭이 텍스트들.

아니, 그 기간의 얄팍한 고민과 부족한 성찰의 모습들.

그 부끄러움을 감추기 위해 사진들을 퍽 많이 골라 앉혔다.

그 시기에 내가 찍었던 사진들.

캡션도 없이.

하지만, 책이 누군가에겐 참고가 되었으면,
곁들여 나름 재미도 있었으면 좋겠다, 하면서
지난 20여 년 나의 소소한 이야기를 풀어 놓는다.

2025년 봄, 송파에서

정태춘

막간(幕間) - 고릴라 다이어리

제2부

제3부

제 1 부

노래를 접고 가죽 공예를 했다. 사진을 찍었다.
한문 공부를 했다. 그러다가 헛!

한시를 쓰게 되고, 먹과 붓을 잡게 되었다. 이야기들을 붓으
로 쓰게 되고, 그 글씨들을 사진 위에 얹기도 하고. 실명 또
는 비실명의 블로그에 올리게 되고, 일 년여 신문 연재로 내
놓기도 하고… 그러니, 더욱 오래 노래 만들 마음도 들지 않
았을 것이다. 그 시기의 이야기들이다.

1부 안의 〈고릴라 다이어리〉, 여기 실어도 될까, 망설이다
함께 올린다.

아왈 처왈

我曰 半讀千字 心門半開 아왈, 반독천자 심문반개
妻曰 讀五百字 風增二倍 처왈, 독오백자풍증이배

내가 말하기를
천자문 반을 읽으니 마음의 문 반이 열리더라
아내가 말하기를
오백 자를 읽더니 뻥이 두 배로 늘더라

2011

첫 한시(漢詩)가 나왔다.
요즘 누가 한시 읽고 쓰느냐고들 하지만
천자문을 쓰다가 이렇게 한시가 내게 와 주어서 이제까지
내치지 않고 또,
붓을 놓지 못하고 있다.
노래 만들기를 접었어도 내
말을 완전히 접을 수는 없던 터에, 그걸
풀어낼 새 방법과 새로운
재미를 알게 된 것이었다.

가을 낮잠

卓上紙筆墨 탁상지필묵
心滿愁想念 심만수상념
窓下迎秋陽 창하영추양
暫伏欲長眠 잠복욕장면

상 위에 종이 붓 먹이요
마음 가득 쓸쓸한 상념이라
창 아래 가을볕 모셔 두고
잠시 엎드려 긴 잠 잘거나

2011

오랏줄

국가는 관념일 뿐이라고? 아니
아무 죄의식 없는, 당신의 무력한 손모가지에
번쩍거리는 수갑이라도 차 보고,
그 위로 두 주먹을 가슴에 대고 기일고 긴
오랏줄에라도 칭칭 묶여보면 알게 되지

그리고는 그
양팔을 완력의 무감정한 사내들에게 낚여
이리저리 끌려다니기라두 해 보면
알게 되지
그 공권력 뒤에 그게 있다는 거, 그리고
언론과 시장과 학교와 공장과 종교와 가족과 당신의
계급적 지위
그것들 뒤에도 그게 있다는 거
거기 떠억 하니
있다는 거

2011

노래 창작도 놓고, 세상과의 어떤 연대감도 다 내려놓고
뒤로 물러난 일상은 편안하나 심상은
그러질 못했다.

자본주의 산업 문명과 국가주의에 대한 부글거리는
혐오가 내
안에서 들끓고 있었다.

실은 대추리 사건으로 수갑과 오랏줄을 차 보는, 이 '국가'의 융숭한
대접을 받아 본 적도 있었다.
내가 뭐, 대역죄인이라고 쯧쯧…

송파의 저녁

都市 0 下 10 餘度 도시영하십여도
西北寒波舞劍風 서북한파무검풍
數千世帶 APT 수천세대아파트
家家戶戶湯水浴 가가호호탕수욕
早夜上層 Cello 聲 조야상층첼로성
壁下幼猫過哭聲 벽하유묘과곡성

2012

도시는 영하 십여 도
서북 한파가 칼바람으로 춤추는데
수천 세대 아파트
집집마다 더운물 목욕
이른 저녁 위층에선 첼로 소리
담벼락 아래로
어린 고양이 울며 지나가는 소리

그 집, 늙은 개

初夏長雨何時來 초하장우하시래
老犬伏地莊子夢 노견복지장자몽
火上奇壺淸酒落 화상기호청주락
牆下黃花待客去 장하황화대객거

초여름 장마는 언제 오려나
늙은 개는 땅에 엎드려 장자몽을 꾸는데
불 위의 기이한 항아리에선 맑은 술이 떨어지고
담장 아래 노랑 꽃들 손님 가기만 기다리네

2013. 06

제천의 친구 댁에서는 매년 6월에 사과술을 내렸다.
술 내리는 일은, 과히 늙지 않은 사내가 두엇은 함께 해야 할 만큼
큰 항아리 너덧 개에 겨우내 담가 푸욱 삭은 사과
퍼 담고, 즙 내고, 솥에 붓고, 그것들 죄다 씻어 치우고…
그러는 새 부인께서 가스불에 전통 방식으로 증류주를 내린다.
독하다. 온 마당에 술 냄새 진동한다.
그 하루 시골집 부산스럽고…

해리 딘 스탠턴

허름한 방 벽에
사진 하나 걸어 놓고, 거기
점 하나 따악 찍어 놓고

해리 딘 스탠턴
낡은 소파 허름한 방 어두운 벽에 우주 사진 한 장,
거기 은하수 외진 구석
"여기 지금 내가 있는 곳…"

"원래는 가수가 되고 싶었지, 오 대니보이…"

"내 아들이 있다는 걸 알긴 하는데, 어디 있는진 모르겠
고…"

어느 TV 다큐에서 그를
만났다, 우주론자…

같은 고향 출신처럼
마음이
짜안했다

2013

남한강에 내려오다

吾背京南下 오배경남하

江無心北流 강무심북류

내가
서울을 등지고 남쪽 내려왔더니
강은 무심히
북으로
흐르더라

2014

남한강에 내려오다

강원도 원주시 부론면 정산리 솔미 마을, 멀리 강가의 하얀 펜션.
마을에서 수익 사업으로 정부 도움받아서 지어 운영하던 솔미 펜션,
손님 없으니 몇 년째 애물단지.
2013년 유월 내가 거기 들어갔다. 저렴한 장기 임대. 마을에선
드디어 관리인 하나 둔 셈이지만 내겐 꿈같은 작업실이 생긴
것이었다. 내 살림을 다 가져오진 못했지만, 여기가 나의 마지막
거처가 되어준다면 좋겠다, 여기서 내가 소진되리라⋯
참, 복도 많지.
그러나,
5년여 들락거리다 결국 짐 다 싸 들고 서울로 다시 귀환하지 않으면
안 되었다.
2018년에 나왔다.

신북면

변방에 가면, 변방엘 가면
모국어를
버리고 싶다

내부 식민지 탈탈 털리고
진화는 과거를 모욕한다

〈영업 포기, 끝장 대처분〉

운동화 한 켤레 사 오지 못했다
역시, 서울 것들
도움이 안 된다

2014

담배
제일슈퍼마트
472-4009
제일 식육점
T.472-9571
KIA MOTORS

쓰레기통

"FUCK THE SYSTEM"

대학촌
거리 철제 대형 쓰레기통에 웬 반체제 스티커?
그래,
시스템은 기득권의 안전망, 상상력의 감옥… 나두
FUCK THE SYSTEM!

2014

쓰레기통

FUCK THE SYSTEM
일반쓰레기
Wastes

강촌농무 江村濃霧

문명에서 도망갈 수 없으니
숨어 버릴까

2014

강촌농무 江村濃霧

고추밭 마른 장마

강 마을 늙은 내외
가랑비 좀 뿌린다고 고추밭에서 나오지
않는다

장대비 쏟아져라
푹푹 찌는
마른 장마

2015

펜션 옆은 마을 "청년회" 총무님네 고추밭. 총무님은 70대. 그
밭에서 땡볕에 밭매는 내외분께 들릴까 봐 첼로도 색소폰도 할 수 없는

마른 장마,
폭염의 펜션.

"에라, 여름 베짱이가 따로 없네." 혹여나…

세 살 손녀 내 동무

三歲孫女不絶問 삼세손녀부절문

老祖愚故訥惑窮 노조우고눌혹궁

세 살 손녀
묻기를 끝이 없는데
늙은 할배 어리석어
더듬거리고
막히고

2016

세 살 손녀 내 동무

컵라면과 에바 캐시디

서울 노인이 시골 강변에 와서
늦은 점심을 때우며
죽은 가수의 노래를 듣는다

에바 캐시디와 컵라면

입으론 형이하학
거북한 기름 국수를 씹고
귀로는 형이상학
사양하고 싶은 슬픔과 우울을 씹는다

생은 온통
혼란이다

늦은 오후,
아직
살아있는

시골 할머니 서넛이
방한모를 깊이 쓰고 저 길로
지나갔다

2016.01

부론 강변에서

秋江白露獨不孤 추강백로독불고

蘆間節花共陽舞 노간절화공양무

忘歲放心半白翁 망세방심반백옹

江邊風堤之字步 강변풍제지자보

가을 강 백로는 혼자서도 외롭지 않고
갈대 사이 제철 꽃들 햇살 함께 춤추는데
세월 잊고 마음 놓아버린 반백의 늙은이
바람 부는 강둑길 갈지자로 걸어간다

2017.09

솔미 시절,
노래를 완전히 접었어도 시상(詩想)까지 막을 수는 없었다.
많은 단문들,
노래의 틀에 얽매이지 않는, 마치
쟝르적 구속에서 마침내 자유를 얻은 자의 시적 상념 같은
것들을 마구
토해내고 있었다.
더러, 이렇게
한시로도…

개망초

온 마당 개망초 꽃 잔치
그이는 오디 따러 나갔지요

솔미 펜션
한 두어 주 만에 내려갔더니
풀 작업 할 일이 아마득하고 나는 그냥,
마루에 판 벌이고 앉아
붓글씨만 썼다

2017

<고문진보>에 실린 '송하문동 松下問童' 시를 패러디해서…
그 이야기는 뒤에 다시 나온다.

봄 노인

多念多言 春老人 다념다언 춘노인

생각도
많고
말씀도
많아라
봄
노인

2017

연북정 戀北亭

제주도 조천에 연북정이라고 있는데요
거기 현판을 처음 본 이들 중 크게 놀라는 세 부류가 있
다는데요

그 하나는 혐북주의자들,
다음은 자진 유배자들,
그리고 그다음은
제주도 독립파들

이들 모두 심한 모욕감과 수치심,
불쾌감 같은 것을 느낀다는데요
(내 말이다)

연북정이라
북을 연모한다니, 거어참…

2018

두 사람

나는 작금의 세계사를 이해할 수 없어
그래,
절필했지
/ 리영희

나는 서예가가 아닙니다
/ 신영복

그렇게 말했다, 내가
들었다

세상과 갈등했고
세태에 부적응했던
두 사람…
그래서 누군가들에게

큰
영감을 주었던…

2018

아나키

사적 자유에 대한 뜨거운 열망
통제와 차별에 대한 맹렬한 거부
정의와 평등에 대한 열렬한 지지

함평, 구례, 임실, 청양, 하동, 고성, 부여, 횡성, 포항, 거
제…
작은 정부

아나키즘이 무정부주의라는 번역은 오역이다
아나키즘은
반지배주의, 반계급주의, 반권위주의이다

2018

백합

순백의 절정입니다
그냥, 하얀 것으로 끝입니다

그렇습니다
하양 수채화 물감으로 "백합"
글씨 썼습니다
누런
초배지 위에

말이 길어
미안합니다

2018

즉석복권

우울한 날엔 나도 복권을 사지요
나도 희망이 필요하단 말입니다, 희망

편의점에선 희망도 팔지요
컵라면도 팔구요,
두통약도 팔구요, 제기랄

꽝!

2018

제기랄

서로 먹고 먹힌다
인간이라는 동물

자연이나 문명이나

난, 뭘 먹고 살지?
남의 노동

제기랄

2018

겨울 산골의 두루미가

산길 아래 작은 웅덩이
아침에 겨울 낚시꾼이 뚫고 간
두어 뼘 남짓
얼음 구멍

잿빛
두루미
한
마리
발
시리게

오후 내내
들여다보고
있다

2018

내 마음 속 알 수 없네

不知吾心底 如滄海深林 부지오심저 여창해심림

不止波乃霧 別別思起覆 부지파내무 별별사기복

내 마음 속 알 수가 없네
푸른 바다 깊은 숲 같네
파도와 안개 끝이 없고
별별 생각 일어나고
엎어지고

2018.10

밀양의 화부, 한수

"한수야, 일라그라이"
일천구백칠십이년 가을, 경남 밀양군 상남면 예림리
예림목욕탕의 젊은 주인은 새벽마다 나를 이렇게 깨웠다

그때 테레비 연속극 '백치 아다다'의
아다다 남편 이름이 한수였다
그 집에 일하러 들어가서
나를 한수라고 소개한 이후
나는 그 이름을 지금까지 가지고 있다

나는 그 목욕탕의 화부였다
그 이름으로 새 인장을 새긴다

2018

그 오랜 뒤, 사실 확인을 위해 우리 다큐 영화를 찍던 팀에서 알아보니,
아다다 남편 이름이 한수가 아니었다고 했다, 헐.

1972년, 나는
그때 30만 원짜리 이태리제 바이올린을 서울 자취방에 내던지고
도망갔었고, 평생 변방인으로 살았고… 아직도 나는
그 도망길에서 돌아오지 않았는지 모른다.

솔미 펜션 서쪽 산 아래

無日鄕村路 무일향촌로
暗天若手觸 암천약수촉
山肩負殘雪 산견부잔설
晚冬越寒江 만동월한강

해 없는 날 시골길
하늘은 손에 잡힐 듯한데
산은
남은 눈 어깨에 메고
늦겨울 차가운
강을
건넌다

2018

솔미 펜션 서쪽 산 아래

도비도 가는 길

港遠自吾家 海遠自此港 항원자오가 해원자차항

항구는 내 집에서 멀고
바다는
이 항구에서도
멀고

島隱於海 海隱於霧 도은어해 해은어무

섬은 바다에 숨고
바다는 안개에 숨고

2018

오전 배에 타자마자 새우깡에 소주를 나누고
배에서 내려 섬 둘러보고
그러고 나서 횟집에서 또 소주를 나누고
육지로 돌아와 어느 산속에 들어가 또 저녁
소주를 나누고

가물가물… 했다
섬도, 산도

대엽 풍란, 몸부림

초겨울
바깥 풍란을 방 안에 들여놓으니

수석 바위
절벽
푸른 이끼 위로 날개 펼쳐
날아오르려는
두 마리
큰
새

내 방 한켠에서
광활 무변 초원의 바람을 부르는

대엽
풍란
이파리

두장

2019

두장

내 마음 어디에 있나

吾心何處在 其在彼風內 오심하처재 기재피풍내

其風何處去 吾不欲知之 기풍하처거 오불욕지지

내 마음 어디에 있나, 저 바람 속에 있지
그 바람 어디로 가나, 나 그것
알고 싶지 않다네

2019

창가에 앉아 차를 마시네

窓邊坐飮茶 창변좌음차
長冬徐去中 장동서거중
茶甘內溫故 다감내온고
不知外人寒 부지외인한

창가에 앉아 차를 마시네
긴 겨울이 천천히 가고 있는 중
차 달고 안이 따뜻하니
바깥 사람들 추운 줄 모르지

2019

저녁 강변에 나가지 마오

58

勿出夕江邊 傷心月與風 물출석강변 상심월여풍

亦問草與波 何獨銀河塞 역문초여파 하독은하새

저녁 강변에 나가지 마오, 달빛 바람에 마음 다쳐요
풀과 파도가 또 묻지요, 왜
은하 끝에 혼자
있느냐
고

2019

저녁 강변에 나가지 마오

누구의 노래인가, 떠나가는 배

朝海春陽滿 조해춘양만

小浦無一船 소포무일선

誰歌出去船 수가출거선

小船遠歸浦 소선원귀포

아침 바다 봄 햇살 가득한데
작은 포구 안엔 배가 하나도 없네
누구의 노래인가, 떠나가는 배
작은 배
멀리서
돌아오는데

2019

2019년, 정태춘 박은옥 40주년 프로젝트
전국 순회 콘서트 "날자, 오리배" 첫 공연은 제주였다.
전날 20여 명의 스태프가 비행기를 타고 내려가
하루 묵고 공연 날 아침,
바다도 안 보이는 우리 숙소 타일 바닥에 한지 깔고
무심히 썼다.
그리고 배접해서
이후의 20여 개 지역을 돌며 공연장 티켓박스 위에
걸었다.
아무도 눈여겨보지 않았다.

사다리차 그리고, 담쟁이

우린 모두 높은 곳에 오르기 위해 필사적이다
그러지 못하면 낙오되고, 낙오되면 비참하다
올라가면 윤리적 갈등 없이 즐길 수 있는 후한 보상이 있
다
(파렴치? 웃기지 마라)

그런데 우리에겐 담쟁이 같은 빨판이 없지 않은가,
사다리도

우리?

담쟁이는
온
담벽을
덮었다

2020

사다리차
010-3937-2499
사다리차
0·3964·1234

운주사

舟離從谷佛臥陵 주리종곡불와능
前山如島隱其舟 전산여도은기주

배가 골짜기를 따라 떠나자 부처는 언덕에 누워버렸고
앞산들 섬처럼 그 배를 숨기었네

靑天白雲多接言 청천백운다접언
陽下長臥何深眠 양하장와하심면
千佛千塔谷煩騷 천불천탑곡번소
暫避一瞬入禪境 잠피일순입선경

푸른 하늘 흰 구름이 자꾸 말을 걸어오시는데
햇볕 아래 길게 누워 얼마나 깊이 잠드셨는가
천불천탑 골짜기 번거롭고 시끄러워
잠시 피하여 깜빡 선경에 들었노라

千佛千塔皆何處 천불천탑개하처

臥佛不起日斜西 와불불기일사서

誰置默言七星岩 수치묵언칠성암

日暮夜深天輝乎 일모야심천휘호

천불천탑 다 어디로 갔나
와불도 일어나지 않고 해는 서쪽으로 기우는데
누가 가져다 놨을까, 묵언의 칠성암
해 저물고 밤 깊어지면 하늘에서 빛날까

2020.10

정산리 노을

濃霧朝江村 농무조강촌

火海暮西天 화해모서천

勿問今幾日 물문금기일

慮日可再出 여일가재출

강 마을 아침 짙은 안개
저녁 되니 서쪽 하늘 불 바다
오늘이 며칠이냐고 묻지 마라
해가
다시 뜰지 걱정이란다

2020

미황사 금강 스님께

晩秋暗夜登庵子 만추암야등암자
空庭一塔一佛像 공정일탑일불상
山上黑天星不示 산상흑천성불시
道下南海遠都光 도하남해원도광
草蟲諸僧旣深寢 초충제승기심침
主僧獨降美黃寺 주승독강미황사

늦가을 어두운 밤 암자에 오르니
빈 마당엔 탑 하나, 불상 하나
산 위로 검은 하늘
별도 보이지 않고
길 아래
남해 바다 먼
도시 불빛
풀벌레, 스님들 모두 깊이 잠들고

주승 혼자 내려가는
미
황
사

금강 스님께

2020.10

주승 혼자 내려가는

깃발 / 서 기자님께

깃발만 보면 흔들고 싶어진다
어느 패잔의 유배지에서라도 말이다

2017

이상주의자들은 때때로, 현실에서
그 이상주의적 상상력이 풍미하는 시대에 대중과 공감하
고
연대하지만
그 시대를 지나 대중이 다시 타협과 순응의 현실로 돌아
갈 때, 그들은
초라한 패잔병들처럼 그
공유와 연대의 거리를 떠나 자신의 이상 세계로 돌아갑
니다
시대는 그렇게 다시 반동화하고, 이상주의자들은 또
그렇게 다시 자기 자리를 찾고 그리고,

그 위태한 상상력의 변방에서 래디컬한 언어를, 다시
연마한답니다

2020

수련

붉은 수련, 마지막 꽃 늦은
가을에
작은 연못 두텁게
얼어버렸다

자
이렇게 모두 끝내는 거야
다들 수고
했어

2020.11

祖孫共樂 조손공락

늙은 할배와 놀아주는 손녀에게
어른한테는 존댓말 하는 거야, 라고
가르치지 않는다

2020

존대와
하대… 이런
어법이 언제 생겼을까
이 나라에 유독 심한…

天眞爛漫 천진난만

다섯살 손녀 그림 거침 없는데
할배는 백지 앞에서 발발 떨고

2021

그는
큰 종이, 작은 종이 아무 데나
그림
그려댄다 그래 내가
겁이 난다, 그래 큰 종이
멀리
둔다

나, 그리고 풍란 분재의
키 큰 잡초

내가 씨 뿌리지 않았으되
저 가을
내 영토에 들어와 이미
뿌리
내렸으니

내 방에 들어와 올
겨울
함께
나자꾸나

2021.01

얻어 온 새 벼루에 먹을 갈며

廣硯滿充磨墨水 광연만충마묵수
小舟解繩出何海 소주해승출하해
幼年野端其淺海 유년야단기천해
乘舟仰天托風乎 승주앙천탁풍호

넓은 벼루 먹물 가득 갈아 놓고
작은 배 줄 풀어
어느 바다로 나갈거나
어릴 적 들판 끝 그
얕은 바다
배에 올라 하늘 바라보며
바람에 의탁해 볼거나

평정 선생께 감사

2021.01

얻어 온 새 벼루에 먹을 갈며

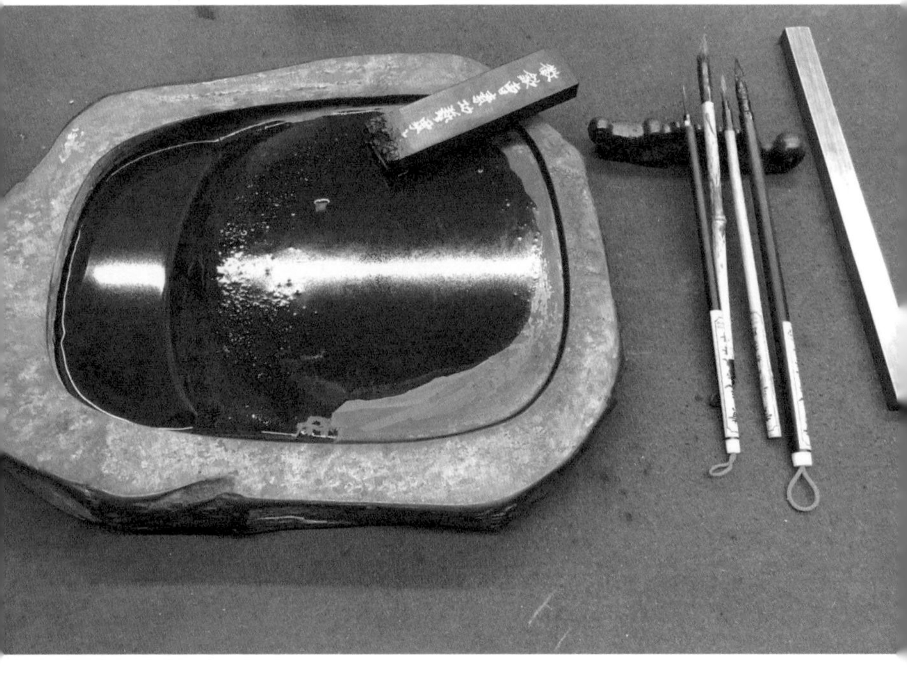

길

반
듯
하
게
도
가
다
가
　　꺾이
　　　기
　　　도
　　했다가
　　　　　굽
　　　　　이
　　　　　　　돌
　　　　　기
　　　　　도
　　하는
사람의
　ㄱ
　ㅣ
　ㄹ

2021

천문대 폭설

하늘 가득 푸른 별을
보시겠다고
먼
걸음들 하셨는데

퍼얼펄
눈 쌓인 유리 천장 아래에서
따뜻이
주무시고들
가세요

아래에 차 두고 한참 걸어 올라간 천문대
폭설 덮인 마당 한가운데 마른
가을 풀 꽃대 하나 삐죽 솟아
눈 모자 소복
덮어쓰고

2021.01

골동 자물쇠

열쇠를 잃어버린 무쇠
자물쇠

굳게
빗장 걸어 잠그고
백 년,
이백 년

오래된 자물쇠들을 모으던 때가 있었지

잠글 것도 열 것도 없는
인생에,
차암…

2021.01

제주 하르방

한때, 여길
남국이라고 부르는 자들이
있었지
독립운동의 일파
였지

내가 그걸 다
알아

반도의 관광객들, 이국적이라고는 하지만
이국이라고는 안 하지
제주 사람들,
이에 관해
말이
없지

2021.01

랭글러

오래전 나의
랭글러

지금은 누구와
어느
봄길을
지나가고
있을까

2021.04

출고된 지 10년은 된 소프트탑 지프를 사서 한 10년 더 타고,
내가 샀던 금액으로 누가 인수해 가고
털털거리고 시끄럽고… 검은 철판, 멋쟁이 나의
애마

옛노래

옛
노래를 듣는다
그 가수들 이름도 다
잊어버리고

노래야,
노래야
오래 남아
있거라

2021

옛노래

만약

吾想萬若 오상만약

나는 만약을 생각한다,
톨스토이가 유물론자였다면
신영복 선생이 예술가였다면

2022.11

옛 사진 속의 내 구두

사진으로만 남은 오래 전
내
구두

너
지금
어딜 걸어가고
있느냐

2022.11

외연도에서

뱃사람들처럼 나도 뒷짐을 지고
새벽 물 빠지는 작은 포구를 바라보았다 교장이
오늘은 파도가 너무도 잔잔하군요, 라고 말하기도 전
그들은 벌써 그들의 바다로 나갔다
남은 것은 그저 서너 척 폐선들만이 아니요
섬 꼭대기의 뿔난 흑염소들만은 아니다
뽀얀 안개는 산언덕을 쓸어내리고
술 깬 서울민박의 고 주사가 아침 밥상을 차린다

뾰족한 뱃머리 출렁거리는 나무 난간을 딛고
사람들이 내리고 또 오른 뒤 훼리는 바로 떠났다
이 동네는 그래두 고소득이여유, 되풀이하던 젊은 이장
은
아직 그의 주낙을 모두 물에 내리지는 못했을 것이다
어두운 동백 숲 그늘의 당집은 보이지 않고
늙은 팽나무들만 습한 바람을 마신다
평화수퍼 중년 부부가 나란히 팔짱을 끼고

합장하는 허문도 씨, 초파일 테레비를 본다

방파제 위로 올망졸망 섬 애들이 뛰어가고
그들 뒤로 찢어진 부표 깃발들이 나부낀다
외연 훼리는 저들의 깊고 푸른 바다를 가르며
대천항으로, 대천항으로 내달렸다
꼬질꼬질한 저들의 태극기를 휘날리며
아침 바다를, 바다를 내달렸다

1999.05

오래전, KBS TV의 어느 여행 프로그램을 촬영하기 위해 외연도와
태안반도를 둘러보게 되었고, 다녀와서 만든 노래다.
작은 섬, 작은 초등학교 음악 수업을 한다고 여남은 명 어린아이들과 학
교 뒷산에 올라갔다. 거기서 그들과 노랫말을 만들고 그것으로
노래를 만들고, 함께 부르고…
그 가파른 산길 구식 올갠을 메고 함께 오르던 학교의 고 주사님,
온 산의 검은 염소들, 아이들 머리카락같이 보드라운 산 정상의
푸르른 풀들을 빛나게 쓸어주며 불던 서해 바람.
아, 그리고 박은옥의 풍금 소리.
그 섬에 다시 가보고 싶다.
오래 묵힌 노래를 녹음해서 <2019' 사람들> 앨범에 실었다.

막간(幕間) -
고릴라 다이어리
Gorilla Diary

"고릴라"

한동안 비실명 블로그에 〈고릴라 일기〉라는 연재 글을 올린 적이 있었다. "인간의 문명이 멸망하고 그 오래 뒤, 지구 위에서 고릴라들의 문명이 똑같은 방식으로 진행되고…"와 같은 상황의, 지어낸 이야기들.

지구 위의 고릴라

오리온 좌의 삼태성이 시리게 빛나는 밤에
고라니가 숲에서 울었다

고릴라들의 집집마다
할로겐이 밝고, 그들 장거리
무선 통화를 하는데
그 착신음 소리
외진 펜션의
고릴라 방문객만 들었다

고압 송전 철탑 아래
바람 소리 윙윙거리고
정원석 틈 사이마다 집을 지었던 여름 벌들
종적을 감춘 지 오래
겨울 성좌들이 짙푸른 하늘 가득 빛나고
뒷산이 우뚝하다

인간들이 꿈꾸고
고통당하고 잔잔하게 웃기도 했던 이 행성에
고릴라들이 살고

그들도
여기까지 진화해 와서
무선으로 서로의 안부를 묻는다

지구,
금세기의 고릴라들이 연민으로 아,
슬픔으로
저 오래전 인간들을 추억할까

뒷산 고라니
가랑잎 위에 웅크려 더 울지 않고
방문객 고릴라
늦은 저녁 커피를 끓인다

스스로 떠난 유배의 고독으로
온 존재를 다시 느낀다

지구 위의
어느 고릴라

아,
고릴라들…

2014.02

지구 위의
어느 고릴라

그 많은 인간들은 다 어디로

그
많은
인간들은
다
어디로
갔을까?

너무 오랜 시간이 흐른 걸까?
그들의 화석을 찾는 일조차 쉽지 않을 만큼 지구는 나이
를 더
먹어버렸고
우리 고릴라들의 진화도 너무 더디었다네

- 그들이 사라진 뒤 지구는 몇 차례의 약한 빙하기도 겪
었고 또, 몇 차례 작은 행성들과의 충돌도 있었다. 고릴라
들은 살아남았다.
진화했다. 너무나 오랜 시간 동안의 진화, 직립하게 되었

고 거처를 숲 밖으로 옮기게 되었다. 지구 환경을 그들의
이익에 합당하게 개조하기 시작했고 더 커진 구 아프리
카 대륙에서 출발하여 전 지구 대륙에 분포하게 되었다.
심지어 구 연해주 북쪽에서 타스마니아 남단까지. 숲속
고릴라 사회보다 더욱 정교한 사회 조직화가 이루어졌고
아무튼,
인간들이 과거 지구상에서 21세기라고 부르던 시대 그들
의 두뇌 능력만큼을 결국 따라잡았다. -

아… 그런데,
그들의 욕망과 같은, 너무나 똑같은 욕망의 동물이
되어버렸다네, 그것이
멸종의 원인이었던 것을 알면서도

과거의
인간과 같은
고릴라들
고릴라들의
세계…

그 많은 인간들은 다 어디로 갔을까?

어느
예민한, 불안한
고릴라 시인의 일기를
시작
한다네

2014.02

눈이 오면 나는 좋아

병원,

담당의 고릴라가 다짜고짜 하는 말이 겨우 그런 거라
니…

"당신, 내 처치도 제대로 받아들이지 않는구만.

신문도 다시 구독하지 않고, 다니면서 라디오도 안 듣고,

집에서 유튜브도 안 보고,

테레비도 안 보고… 말이야!

거어, 되게 말 안 듣네?

세상 속으로 깊이 들어가야 한단 말이야아.

다른 고릴라들이 어떤 생각을 가지고 어떻게 열심히 살
아가는지, 보고

배워야 한단 말이야.

그들의 낙관주의, 성실성, 적응력…

특히, 예능 프로가 당신 치료에 도움이 된단 말이야. 예
능!" 그러면서

내 치료에 아주 관심이 없지는 않다는 듯, 차트를 들여다

보았다.
나는 그 짧은 사이, 이 희대의 부호 기업이 운영하는 〈XX
산업병원〉의
밝은 유리창 너머를 바라보면서
짧은 시를 지었다.

눈이 오면
나는 좋아
세계가 사라지지

눈이 오면 나는 좋아
대설주의보의 산맥 아래
눕고 싶어

눈이 오면 나는 좋아
온갖 권위와 금지선들이
사라지지

눈이 오면 나는 좋아
지옥도 덮어주지

그리곤, 나도
다짜고짜로
허, 당신 옆에도 개그맨 고릴라 하나 붙여야 하는 거 아
냐?
나도 가끔씩은 테레비를 본다구. 어딜 가나 발에 차이는
게 테레비잖아.
보면, 예능은 말할 것도 없고 대개 모든 프로에 사회자 고
릴라 한둘이 있다면 옆에서 시청자들을 웃겨주는 패널
고릴라들은 더 많이 나와 있는 것 같더라고.
거개의 교양 프로, 요리 프로, 음악 프로… 뭐, 그냥…
이젠 머잖아 뉴스 프로에도, 시사 토론 프로에도, 스포츠
나 선거 중계방송에도, 대통령의 연두 기자회견 중계 시
간에도 그 웃겨주는 고릴라들이 나오게 될 테니 두고 봐
아…

그렇게라도 하지 않으면 시청자들이, 어어… 심심해애…
하면서 테레비들을 다 끄고, 우울해지고, 단번에 세상이
불행해지고… 일 난다구.
당신과 나 사이에도 코미디가 필요해.
그러니 나도 병원 진료실에서 저런 얌전하고 무뚝뚝한
간호사 고릴라 아가씨가 아니라
날 조금만이라도 웃겨주는 아마추어 고릴라라도 섭외해
주길 요구하는 것이 무리도 아니지 않을까?
(이 부분은, 가상이다.)

나,
(〈나고릴라〉를 포함해도 지금 고릴라들은 더 이상 털
북숭이가 아니다. 모두 벌거벗고 돌아다니는 것도 아니
고… 뭐, 과거의 인간과 비슷하다. 어떻게 다른지 나는 잘
모르겠다. 난 시인 고릴라다. 자유 환경과 직관과 상상력
만이 중요하다. 아아아…)
문제다.

눈을 펑펑
맞으며 먼 주차장에까지 걸어가 차를 끌고
집에 와서

일기를
썼다

손으로 뇌를 따라잡기가 벅차다
고릴라도

2014.02

일기를

당신의 성긴 눈썹 아래

당신의 성긴 눈썹 아래
아련한 숲 그림자

여기까지 쓰다가
어제 받아 온 처방전을 들여다보았다.
그 흰 가운 고릴라가 준 처방전엔 이런 글귀들이 프린트
되어 있었다.
(어휴, 똑똑하긴…)

1. 병명: 〈광고 피해망상 증후군〉을 주로 한 복합적인… (생략)
2. 증세: 우선, 광고는 마약이라 혼자 생각함. 광고는 〈과장〉, 〈
   거짓말〉, 〈사기〉의 순수 혼합물로서 악마적 고릴라 산업사회
   를 유지시키는 절대적인 힘이며… (또, 생략)
3. 처치: 우선, 미디어와 광고에 관해 좀 친해질 수 있도록
점진적인 프로그램 개발 처치 중
4. 예후에 관한 의견: 완치는 불가. 그러나, 계속해서 고릴라 사
   회 속으로의 진입 시도 필요. 증세 악화 시엔 격리나 유배 치

　　료 필요할 수도…

문장 구성 능력, 딱 내 수준. 한심하긴…
우리 고릴라들의 뇌에선 하루 종일 얼마나 많은 순간 창
작 에피소드와
그 자잘한 모티브와 이미지와 욕망과 혐오, 갈등, 악담과
풍자와 비유와… 그 작은 디테일들이 파도처럼 일렁이는
데 말야. 겨우, 이런 수준이다.

가장 가까운 은하수가 내려와
숲을 덮는 저녁
암청으로 일렁이는 바다가 내
귓속으로 들어와
어린 고래들을 풀어놓았지

나의 뇌는
파도처럼 꿈을 꾸며
숲 밖으로 달려간다네
은하수를 보고 싶어
은하수의 긴 띠를 보고 싶어

나는 멀리서 왔지
그대와 함께 아주 멀리서 왔어

그대 성긴 눈썹 아래 아련한 숲 그림자를 핥아주며
그대를 품에 안고
떠난다네

어린 고래들의 고요한 휘파람 소리를 들으며
이 행성에서 잠시
떠난다네

여기에 나는
없다네

2014.02

종교가 없다?

아, 참…
우리 고릴라 세계에는 종교라는 게 없다.
자연과학의 성취가 아직 너무 부족하긴 하지만, 갈 길이
아득 멀지만,
고릴라가 그간 이룬 학문적 성과들을 인정한다.
기본적으로 생물학, 물리학, 화학, 천문학 등등의 분야에
집적된
그것들과 그들의 계몽을 받아들인다.

그래서, 종교적 겸손함이나 종교적 따뜻함 같은 것이 과
거 인간의
세계보다 좀 부족하지만, 대신에
종교적 야만이나 폭력도 없다.

……

이건 가설이다.

적절치 않아 폐기한다.

고릴라도 결국
종교를 만들어 냈다.
그 다종다양의…
존재의 불안과
환경으로부터 닥치는 끊임없는 시련들에 맞서거나 위안
처를 찾기에
그것 아니고는…
고릴라들 너무
유약하다.
거대하고 무시무시한 저
우주
안에서
어쩔 수 없었다…

2014.02

언어와 상상력에 관한 메일

"우리 아이들은 우리에게서 말을 배우는 게 아니라
미디어를 통해서 말을 배우더군.
그리고, 오늘 그 아이들과 소통하기 위해서 우리 부부가
그 아이들의 언어를 배우는 모습을 발견했어.
그 아이들에게서 배운 말들로 내 안의 말들이 지워져 버
리게 되리란 생각도 들었어."
이런 메일을 친구 고릴라에게 보냈더니 곧
이런 장황한 답신이 왔다.

"나도 그런 걸 알고 있었어.
또, 미디어의 언어들은 상당히 전문적이고 세련된 것 같
지만 솔직하지도 풍부하지도 못하다는 것도.
일찍이 〈문자〉에 의해 단순화, 규격화된 우리 고릴라들
의 〈언어〉와 〈사고〉는 결국 미디어에 의해 또 걸러지고
변형 되어왔다는 것.
사실, 자네도 알다시피
이미 그 전에, 우리 고릴라들의 풍부한 〈느낌과 감성〉은

또 〈언어〉에 의해 단순화, 규격화되었지.
이건 진화가 아니라 퇴행이었어.
거기까지는 어쩔 수 없었다고 하더라도(?) 이젠 〈언어〉
가 〈체제 교육〉과 〈미디어〉에 독점되어 버렸다는 거지.

애초의 고릴라들은 이루 말로 표현할 수 없는 풍부한 감
성을 가진
동물이었다네.
그러나 이젠 학교에서 배우거나 미디어에서 선택하는 언
어의 장벽에 갇히게 되었어. 공식 또는, 공통의 언어로 표
현할 수 있는 것만 공감되는 느낌이고 감성인 거지.
어떤 고릴라들의 특별한, 그러나 두루 공감되지 못하는
감성과 거기서 나오는 개별적 〈취향〉은 고릴라들에게 아
예 존재하지 않는 것인 양 돼버렸어…
우리 고릴라들은 이제 더 단순화되겠지. 〈생각〉이나 〈삶〉
자체가 말이야. 슬픈 일이지.

고릴라들의 타고난 〈감성〉은 그들 삶을 포괄적으로 이해
하고
실현하며 환경에 적응하고 존재 의미를 만들어 낼 수 있
는 존엄한

형이상학이야.
〈상상력〉의 저변이고 〈예술〉의 원천인데, 우린 이제 그
것들을 모두
압수당한 〈정신〉 통제 장치 안에서 느끼고 말할 수밖에
없게 된 거야.
이런 감성과 언어의 통제를 통해 그들이 원하는 건… 뻔
하지 않나?
완벽한 산업사회와 산업 고릴라 로봇들…

자네의 풍부한 감성을 잘 간직하는 길은 아예 말을 줄이
는 것이고,
더구나 글로 옮기려 하지 않는 것이라네.
또, 여전히 예술가이고 싶다면 미디어에 지배당하지 않
는 길을
찾아야지. 저 괴물 미디어 뒤에 숨어있는 독재 고릴라들
을
혐오하면서 말이야.
그들의 통제 체제 안으로 빨려 들어가면
영영
끝이란 말일세.
명심하게.

여담이지만 말이야, 우리들의 이런 한심한 말주변도 바
로
저놈들 때문이란 걸
생각하게.”

사실, 난
그가 이런 말을 하기 이전에 〈고릴라의 상상력〉에 무력
감을
느끼고 있었는지 모른다.
상상력이 순치되어 버렸다면 협소한 이성의 눈으로라도
우리 고릴라를 조금 더 들여다보자고…
생각했다.

별은 내 머리 위에서 빛나고

星邇輝我頭頂上
不知此亦星中一

별은 가까이 내 머리 위에서 빛나고
여기 또한 그 별 중의 하나인 줄 알지 못하네

허어,
우리 고릴라들이 그 정도도 모르지는 않는다.
다만 생각하지 않을 뿐.
"저 별은 나의 별, 저 별은 너의 별…
나의 별자리는…"
이럴 때만
고릴라들은 한없는 평지 위에 살며, 밤에 빛나는 별은
그 평지 위에 밤에만 홀연 떠올랐다 사라지는 몽상 또는,
동화 같은
것으로 상상한다.

그것이 편하니까.

고릴라들은 사실,
가까이 눈에 보이는 것들과만 관계하기에도 생이 벅차
다.
먼 것, 감춰진 것, 정확히 알 수 없는 것, 당장 쓸데없는
것들에
관해서는

몇몇 소수의 고릴라만이 탐구한다.
그들에 의해서 밝혀진 새로운 사실 중 하나가
대개의 별에 생명체가 없을 거라는 것.
그러나, 고릴라들은 그로 인해 별로 우울해하지 않는다.
미래를 생각하고 싶지 않다.
당대만을 생각하기에도 그들의 생은 벅차다.
힘겨운
고릴라들…

"자신의 수명도 예측할 수 없다."
아무도 쓸쓸할 시간이 없다.
"지구 위 고릴라들의 생은 피동태이다."

아무도 힐끗
돌아보지 않는
다.

나도,
"제에기랄, 우리 고릴라들의 그 많은 털은 다 언제 빠져
버린 거야…"
하며,
두꺼운 이불을 끌어 덮고
잠에 빠진다.

2014.02

아무도 힐끗
돌아보지 않는

나의 생은 굴욕이다

내가 전복하고 싶은 문명이 나를 지배하고 있다.
나의 생은 굴욕이다.

2014.02

고릴라 공화국

어느 미디어에서 어느, 법학전문대학원 교수 고릴라는
이렇게 말했다.
이 공화국의 헌법은 폭력을 동반하지 않는 범위 안에서
는 헌법 체제 자체까지도 비판할 수 있는 사상의 자유와
표현의 자유를 보장한다. 헌법은 헌법 자체에 대한 비판
에 대해 관용을 넘어 '기본권'으로 보장한다, 고.

그런데 도대체,
제왕의 교시 같은 헌법의 그 관용 용량과 정확한 한계치
에 관해 관심 있는 고릴라들이 얼마나 될까? 사실,
관심의 문제가 아니다.

"짐은 짐을 비판할 수 있는 사상과 표현의 자유를 보장한
다. 그것은 짐을 따르는 자들에게 베푸는 짐의 선물이다."
고릴라들은 '짐'이 두렵다. 그들이 신성시하는 그 무엇,
공화국. 그 '짐'의 통치 방식에 대해 비판하라고?
하물며,

헌법에는 그것이 그렇게 친절하고도 구체적이며 자세하
게 설명되어 있지 않다.

교수 고릴라의 저런 선의의 법 해석이 현실에서 얼마나
잘
구현되었는지
고릴라들은 잘 안다.

그래서, 고릴라들은
또 버겁고,
공손하게 말한다.
"저희에겐 애당초 그런 생각 자체가 없나이다.
염려 붙들어 매소서."

2014.02

헨리 데이빗 소로우여

吾今不好安居船室 오금불호안거선실
且尤不願航海以客 차우불원항해이객
欲生吾之板上帆下 욕생오지판상범하
無意再降回甲板下 무의재강회갑판하

나는 이제 선실에서 편히 지내는 것을 좋아하지 않으며
또, 손님으로서 항해하는 것을 더 이상 바라지 않는다네.
내 갑판 위 돛대 아래에서 살고자 하며
이제 다시 갑판 아래로 내려 돌아갈 생각은 없다네.

헨리 데이빗 소로우가 〈월든〉 호수에서 이런 시를 지었
다.

소로우여, 이제
갑판에 머무소서

헨리 데이빗 소로우여

그 배의 키를 잡고
당신이 바라는 대로 방향을 잡으소서
당신은 이상주의자
샹그릴라에는 못 가리오
더 깊은 숲으로는 못 가리오

이제
더 큰 돛을 달고
물결 헤쳐 나아가소서
기원전의 안데스에는 못 가리오
새로 발견될 은하에는 못 가리오

당신은 이상주의자
이제
당신이 세계를
택하소서
저 호수
멀고 멀구려, 하지만
당신 배의 물결이 벌써
도착지의 하얀 모래를 간질이고 있구려
당신보다 먼저 도착한 이들이

거기
조용한 기쁨의 노래를 부르고 있구려

소로우여,
당신은 이상주의자
내가 그 배의 깃 폭에 가득한
당신의 꿈을 보고 있구려
바람의 냄새를 맡고 있구려

소로우여…

2014.02

청소원 아줌마

청소원 아줌마 고릴라의 얼굴은
너무
슬펐다

핼쑥했고, 핏기 없는 안색
깊은 우울의 표정

고릴라들이 먹고 버린 팝콘 컵, 음료 컵을 정리하는 손이
떨리는 듯했다

고릴라들은 또 극장 안에서
국산 코미디 영화를 즐기고
쏟아져 나왔고
세상이 참 재밌다는 듯이 명랑하게 계단을 내려가는데

청소원 아줌마 고릴라의 어깨는
너무

슬펐다

가는 허벅지도
흔들리는 듯 했다

내 안으로
무거운 절망이
지나갔다

아,
어머니 고릴라여…

2014.02

고릴라 올림픽

고릴라들이 아주 오랫동안 소공동체로 지내온 것은
결코, 어리석어서 그랬던 것이 아니었고
고릴라들이 아주 오랫동안 숲에서 지냈던 것도 아마,
숲 밖이 이렇게 시끄러울 것을 알았기 때문일지도 모른
다

저 고릴라 올림픽을 보라.
영 점 영 영 일 초의 경쟁과 그 스타들과
선동하는 국가와 열광하는 국민들과, 그 뒤의 음험한 산
업과 (돈과)
뻔뻔한 광고들
그리고, 쓸쓸한
패자들…

그러나, 우린
다시
숲으로

돌아갈 수
없다

고요함 없는 행복은
진정한 그것이 아니다

승리란, 내가 이긴 것이 아니고
남을 패배시킨 것이다
그것은 또 고릴라들의
행복의 조건이다

2014.02

강변 입춘

겨우내 고라니들만 노닐던 강가 채소밭에
마을 고릴라 두셋이 나와
검정 비닐들을 걷어내고
길고 기인 밭둑에 불을 지피고 있다

낯선
봄을 준비하고 있다

밭둑 연기가 저기압의 검은 산 아래로 흩어지고
강에선 옅은 안개가 올라오고
일찍부터 어두워지는 오후

길 위
내 마당에
잡초들이 일어나고 있다
익숙한 적요를 서서히 물리고
또 한 해

부산히 살 준비를 해야 한다

철새들 강물 따라 북으로 날고
외진 산골, 공기가 심란하다
저 밭 한 떼기에
한 해 또
온몸 헌신하지 않으면 안 되는 몇 집
늙은 고릴라들의
불같은 여름이

함께
오고
있다

2014.02

소비자 파업

"드디어 시작됐다네"

이웃 별의 벗으로부터 짧은 편지가 도착했다.

"드디어,
범세계 소비자 파업이 시작됐다네.
거기 지구에서는 꿈도 꿀 수 없는 일이 여기서 시작됐다
네.
'우리 소비자는 고릴라이다…' 라는 글로 시작되는 [소비
자 선언]이 발표되고 우리 세계는 이제 새로운 문명을 시
작하는 첫 발자국을 뗐다네.

(중략)

그러나, 나는
기존의 추악한 산업 시스템의 윤리적 개편과 그 산업주
의의 수정을

목표로 하는 그룹과
산업 시스템의 완전한 종식을 목표로 하는 또 한 그룹 사
이에 끼어
아주,
정신이 없다네.
나는 좀 온건한 사람 아닌가. 하지만, 근본적인 문제 제기
에 동참했던 한 고릴라로서 원리적인 입장에 힘을 실어
주지 않으면 안 될 것 같은 형세일세.
어쨌든, 이 역사적인 파업이 한 국면을 넘기게 되면 바로
다시
편지하겠네.

사실, 지금, 떨려서…
아아…

곧,
다시 연락함세.

참,
거긴 요즘 어떤가?”

가슴 떨리는 소식이었다.
분명히, 필수 소비의 행동 지침을 고수하면서 대량 생산
은
계속하겠지… 아아…

오늘,
그들의 행성이 더욱
빛을 발하고 있다.

2014.02

비평과 뉴스와

비평의 전제는 객관화, 차갑게 만나기이다.
비평의 요지는 대개 선악 또는, 호불호 또는, 이분법적 가
치 평가.
중립적 비평은 결국 대상을 통한 자기 자랑에 다름 아닐
것이다.

자신의 문명, 자기 종의 존재 방식을 싸잡아 비방하는 일
은 고립을
자초하는 일이기도 할 것이다.
자기 세계와 전면적으로 불화하는 고릴라의 처지와 그
소리 없는 투쟁은 안쓰럽다.

보편 고릴라들은 그렇게 살지 않는다.
〈뉴스〉를 보면서, 그 문구와 편집과 논평과 앵커들의 표
정(또는,
줄줄이 광고의 거짓 카피조차)을 통해 제시하는 〈건강한
가치〉

를
당연히 묵인하면서 그 뉴스 권역 내의 책임 있는 일인이
고자 한다.
이런 사회 교육에 우호적이다.

그러나, 투쟁은 계속되고
저 고릴라는 더 고립되고
더 불화한다.

뉴스를 보면서
말 한마디 안 하지만
부글부글 끓는다.

그들이 악이라고 제시하는 것들 때문이 아니라
그들이 선이라고 제시하는 것들 때문에…

2014.02

이웃 별 친구에게서
아직 소식이 없다

이웃 별의 친구에게서 아직 소식이 없다.

과거,
거기에서도 체계적인 파국의 장면들은 결코 적지 않았
다.
일상적인 반란들과 함께.
그러나,
노예들의 반란은 채찍과 몽둥이로 진압되었고
농업 생산자들의 반란은 칼과 불인두 등으로 제압되었고
공업 생산자들의 반란은 진압봉과 약간의 임금 인상 그
리고, 치명적인
손해 배상 명령과
재산권 박탈 같은 것들로 일소되었다.
물론, 저 모든 반복적이며 크고 작은 반란들은 그들의 세
계를 조금씩 개조하는 데에 도움이 되었다.
그러나, 안타까운 일은
아직 그들이 그들의 반란을 끝낼 만한 반란을 일으켜 보

지 못했고
또 그것이 가능한지에 대한 확신도 없었다는 것이다.

생각해 보면
이 긴 투쟁들은 기실, 타자들의 욕망과의 투쟁이었지만
그 별의 이번 〈소비 파업〉은 바로 자신들의 욕망과의 투
쟁이며 그
욕망 시스템을 겨냥하고 있다는 데에 의미가 있다.
〈나고릴라〉는, 조금 불안하다.

그들이 과연 그들의 도시에서 모두 철수할 수 있을까?
그런
준비는
된 걸까…
또, 그 별의 〈산업 보안법〉에 의해
얼마나 많은 시민이 희생당하고… 그것을 잘
돌파할 수 있을까…

거기서 아직
소식이 없다.

2014.03

꽃샘 추위

신대륙의 지독한 산업 스모그가 오래도록
인근 해역과 그 인접한 반도에 머물다 지나간 뒤
반도엔 꽃샘 추위가 찾아왔다

봄 고릴라들
지난 겨울 가장 아끼던 외투를, 마지막처럼
다시 꺼내 입고
차가운 거리를 걸었다

시인은 두문불출
시멘트 상자 안에 머물며
이국의 고양이처럼 창밖을 내다보거나, 이 두 주 간의
무료함이 세상의 시인들
모두 미치게 만든 건 아닌지
생각했다

구노의 아베마리아는 클라리넷보다 첼로가 낫다고

생각했고, 특히 잘게 파동치는 비브라토…
추위도 지나가면, 과연 봄이 오면
꽃들이 필 건가, 생각했고
그리고,

이웃 별 친구의 편지를
기다렸다

2014.03

이웃 별 친구에게서 온
두 번째 편지

잘 지내시는가?

여기, 〈소비 파업〉은 조금씩 불이 붙어가고 있네.
행동 지침들은 인터넷을 통해 시민들 스스로 만들어 내
고 있고
그런대로 힘이 붙어가고 있어.
혹여 캠페인에 도움이라도 될까 봐 언론이 보도 자제를
하는 가운데,
먼저 대형 쇼핑몰들이 급격한 매출 저하로 쇼크 상태이
고
벌써, 주식 시장이 반응하고 있지. 당연하지.

누구는 이번 파업을 〈반문명 혁명〉이라 말하고
누구는 〈윤리 혁명〉이라고 말하고… 지도부도 없는 자발
적 파업이 좀
과도하게 의미 부여되는 면도 있지만, 자넨
거기서 이들의 생각을 유추할 수 있겠지?

이를테면, 윤리혁명파(派)는 윤리적인 산업을 말하는 자들이지. 그들이
주장하는 바는, '부자는 도둑이다'로부터 출발한다네.
공동체에서 누군가 누군가보다 더 많은 것을 가졌다면 그건
누군가에게 가야 할 것을 그가 더 가져갔다는 거지. 이해하겠나?
사회에, 어느 한 고릴라(와 고릴라 집단)를 위한 자원도 없거니와 그
한 고릴라의 노력만으로 얻어지는 이익은 없다는 거야. 모든 건
누군가의 이익과 관련되어 있고 사회 이익은 한정되어 있는 만큼 그걸
윤리적으로 나눠야 한다는 거지. 산업주의 자체를 타파하자는 건 아니야.

거기 비하면 반문명혁명파는 산업주의 자체를 타파하고 그 직전의
단계에서 새로운 문명의 길을 찾아야 한다는 거고. 이들은 좀 더
완고해.

물론, 그 중간이나 그 아래 위의 입장을 가진 자들도 많다네. 자네처럼
아예 "숲으로 돌아가고 싶다"고 노래하는 자들도… (허허…) 있고 말야.

주식 시장에서 돈이 빠지고 있어. 그러자, 은행들이 발 빠르게 금리
인상을 검토하고 있고.
비필수 소비재 부문이 우선 일격을 당하고 있는 거지. 놀라운 건, 변방
지역 개발 펀드들도 움찔하고 있다는 건데, 이건
금융 브레인들 쪽에서 이번 파업의 배경에 산업 개발에 대한 혐오의
입장도 확고하게 전제돼 있다는 걸 잘 알고 있다는 반증이지 않겠나.
차암…

아무튼,
잘 되리라 믿네. 꼭 다 잘 되진 않더라도 적잖은 파장은 남길 거라
생각하네.

물론, 그 중간이나 그 아래 위의 입장을 가진 자들도 많다

걱정되는 건 아무래도
어떤 철학적 합의랄까…

(후략)

참, 거긴 별일 없나?

2014.03

걱정되는 건 아무래도
어떤 철학적 합의랄까…

그 답신

아아… 친구여…

(중략)

春來如幼猫 　춘래여유묘
花信來如賊 　화신래여적
夢者旣下山 　몽자기하산
早出江刻櫓 　조출강각로

봄은 어린 고양이처럼 오고 꽃 소식 도적처럼 온다네
꿈꾸는 자들 벌써 산에서 내려와 서둘러 강에 나가 노를
깎는다네

어느 한 시대가 감당하기에는
고릴라의 역사가 너무 길고 무겁고

어느 한두 고릴라가 찾아 헤매기에
저 이상처는 너무 멀다네

여기
다시 부우옇게 해가 뜨는 거대 도시,
구조물의 숲은 밀림을 닮아있지만
거기서 만나는 고릴라들은 너무 낯설다네

그들이 종일, 낯선 얼굴들과 마주치는 시장엔
이윤과 점유, 손해와 박탈
이해관계의 그물망들이 스모그 같은 소음 속에 감춰져
있고
생존과 욕망의 에너지들로 울렁거린다네

죽었어
노자도, 프루동도, 톨스토이도, 신채호도, 니체도,
마르크스도, 일리치도…

빈한한 낙오자들의 게토, 저 외곽 지역 썩은 나무들 아래
촉촉한 오후 하늘의 무지개 같은 꿈도
꾸어보지 못하고 절망만을 벗한 깡마른 고릴라들이 먼

저, 쓸쓸히
줄줄이 죽어 나가고
마지막까지 살아남을 강한 고릴라
한 마리도 없이, 지구는
최근, 이 네댓 세대 고릴라들의 광기로
불타버리고 말걸세

개발과 풍요와 선진과 자부와 힘과 꿈과 위대…
등의 단어들도 함께 사라지고 말걸세

고요히 존재하는 것

고요히 존재하는 것을
생각한다네

그러면서,
저 무지개 뜨는 강가, 긴 노를 깎는 젊은
고릴라들의 풍경을
날마다
떠올린다네

모쪼록,
힘 내시게.

2014.03

지난번 편지의 또 다른 이야기들

이웃 별 친구의 지난번 편지에서 옮겨오지 않았던 부분이다.

"근래에 '사지 않는 자, 먹지도 말라'라는 산업계의 당혹스러운 경고 구호가 등장했던 것이
이번 〈소비자 파업〉의 한 단초가 되었다는 말이 얼마간은 맞는지도 모른다네.
산업계에선 그간의 인구 감소와 포화 생산 같은 것들로 인한 전반적인 재고 누적 등으로 골머리를 앓고 있었던 참이라⋯
이해하겠나?
게다가, 이런 내수 침체의 장기화와 외계 식민지 개발의 지지부진⋯

그런 무리수와 소비자들의 반발에 당혹한 것은 고릴라 세계 정부이고,
'모든 고릴라는 세계 산업의 일부분이며 그 자체다'라는

근래에 어렵게, 어렵게 추가 수정된 헌법 조항도 다시 도
전받게 될지
모른다고 생각하면서
일정 부분 양보하는 방안으로
〈기업 이익의 소비자 공유에 관한 법률〉이라는 오래 숨
겨두었던 아픈 카드를 재검토하는 중이라고도 하네.

기업 이익의 기여자는, 과거처럼 자본과 노동만이 아니
라, 소비 부문도 있다는 거지. (이해하겠나?)
그래서 자본 수익 다시 말해, 주주 배당금의 절반을 소비
자에게 돌려야 한다는 구상인데,
이해하겠지?
사실, 끊임없이 이익 높은 곳을 향해 기회주의적으로 이
동하는 자본은
기업의 이익에 있어서 소비자들보다 충성도가 낮은 당사
자라는 걸
모두 알고 있다는 말이야.

여기까지…
이해하리라 믿네."

2014.03

또 맹자 가라사대

古之爲市者 以其所有易其所無者 有司者 治之耳

有賤丈夫焉 必求龍斷而登之 以左右望而罔市利

人皆以爲賤故 從而征爲 征商 自此賤丈夫始矣

옛날에 시장을 만든 것은 있는 것을 없는 것과 바꾸게 함이고, 거기에

관리가 있어 그걸 다스렸는데

천한 사내가 있어 반드시 높은 곳을 찾아 올라가 좌우를 바라보며

시장의 이익을 독점하거늘

사람들이 다 그를 천하게 여기는 고로 그 이익에 따라 세금을 거

두었으니, 장사하는 이들에게 세금을 거두는 것은 이 천한

사내로부터 임이라.

(맹자 공손추 장구 하 10장)

孟子釋龍斷之說如此

맹자가 '농단'을 풀이한 말은 이와 같다. (주자의 주석)

맹자어,
지금 고릴라 세계는
바로
저 사내들이 지배하고 있답니다.
당신의 시대에, 그들은 단지 '천장부'로 불리었지만
지금, 그들은 '제왕'이 되어 세계를 〈농단〉하지요. 엘리트
들,
허어… 참…

– 고릴라의 고전 공부 중에서

2014.03

나도 이사 가고 싶다

나도
이사가고 싶다

저기
모든 욕망의 찌꺼기들을 싣고
여기 불구의 콘크리트 숲을 떠나, 특별시의 경계를 지나
세상의 모든 포장도로가 끝나는
먼 변방, 기계 모내기 하는 강변 마을도 지나
길 없는 절망의 붉은 사막
병든 물고기들의 어두운 대양도 지나…

모두 버리며

숲으로
가고 싶다

몽상은 이념보다

달콤하다

2014.05

달콤하다

당이 필요하지 않을까, 거기

먼동 붉게 터 오는 아침 숲 너머로
헬리콥터 프로펠러 소리가 들리고
이웃 별은 아직
떠오르는 태양의 뒤편으로
먼 궤적을 그리고 있다

당이 필요하지 않을까?
거기…

숲에서 나와 숲의 개수보다 더 많은 악을 만들었다
고릴라들
엘리트 지배자들, 철면피하고 교활하다
강하다
우리들조차
얼마간은
그들 편이다

당이 필요하지 않을까, 거기

그러나, 당은
적의 명단과 죄상을 공표하고
우리가
콘크리트 숲에서 떠나가는
일정을 제시할 것이다

도시에, 숲에
햇살 없는 낮이 시작되고
큰 나무들
위로
적들의
군용 수송기들이 지나간다

우우우우… 웅…

2014.05

노래

누군가에게, 〈노래〉는
아무 관심 없는 소음일 수도 있고
누군가에게, 〈노래〉는
2차, 노래방의 오락일 수도 있고
누군가에게, 〈노래〉는
벗
이거나 위안
일 수도 있고

누군가에게, 〈노래〉는
세상과 싸우는 절대적인 무기일 수도 있고
누군가에게, 〈노래〉는
고통스러운 필생의 일기일 수도 있고
누군가에게, 〈노래〉는
가장 진실한 청자와의 뜨거운 대화일 수도
있고,
슬프고 공허한

자기 독백일 수도 있고…

그렇답니다
가슴과
머리와
입이 있는,
귀가 있는
고릴라들의…

〈노래〉

2014.05

괴물들이 사는 나라

최근의 지방 정부 선거에서
붉은 우익과
푸른 우파가, 다시
전국을 사이좋게 분점하고

좌파와 진보와
이상주의자들과
몽상가들은
그 진한 적과 청의 어느 경계에도
깃발을 꽂아 보지
못했다.

길고 긴
징검다리 연휴가 끝나고
주말 오후 고속도로는 장사진인데
아직도
중앙 정부 대통령은 관대한 여론 검증도 무사히 통과할

만한
"도덕적으로 하자가 없는" 총리 후보를 찾아내지 못하며
혼자
깊이
한탄하고 있고
언론은
"장고(長考)"라고 둘러댄다.

금후 편안한 주거지도, 안정적인 직장도, 행복한 미래도
특별히
약속받지 못한
과반수의 유권자들이
다시
이해하기 어려운 현실 속으로 빨려 들어간다.

"이게 우리의 가장 현명한 선택일 거야…"

모든 의심과 분노와 공상들이 일거에 삭제되고, 시스템
은 재부팅되고
더욱
버전업, 안정화된다.

이상한
고릴라들의

나라…

2014.06

여러분의 공공재

휴우…

저 다큐 영화에서 이런 이야기들은 나오지 않으니 안심하셔도 될 판!

대신 이런 말들이 나온다.

"우리가 흔히 듣게 되는 이야기인데, 완전히 잘못된 한두 가지 견해에 대해 말씀드리죠.

〈물은 공짜여야 한다〉라는 견해에 대해 말씀드리죠. 물은 하늘이 준 선물이고 살아가는 데 필수적인 것이니까 따라서 물은 무상으로 언제나 공급되어야 한다는 겁니다. 아주 매력적인 견해입니다만 잘못된 생각이죠. 물이 하늘에서 떨어진 원재료인 것은 맞습니다. 하지만 물길을 찾아내야 하고 또 공급을 해야 합니다. 그러니까, 물이 공짜여야 한다고 이야기하는 사람들은 그런 점을 보지 못한 채 허튼소리를 하는 겁니다.

두 번째 견해는 〈물을 아껴야 한다〉라는 것입니다. 물은 그렇지 않습니다. 왜냐하면 하늘에서 떨어진 물은 하천으로 흘러가는데, 장소에 따라 물이 흐르고 그것도 각자

의 사이클대로 순환하는 거죠. 만일 수돗물을 잠근다면
그 물방울들은 어디로 갈까요? 여전히 강에 있을 것이고
그리고 바다로 갈 겁니다. 따라서 수돗물을 절약한다고
할 때, 절약하는 것은 맞아요. 다만, 전기를 절약하는 것
이죠. (중략) 물 자체를 절약한다는 것은 커다란 의미가
없습니다."

또, 이런 말도,
"우리는 모두 현실적인 세계에 살고 있다는 사실을 알아
야 합니다. 그리고, 그 현실적인 세계에는 경찰이 있고 도
둑이 있고 뇌물을 제공하는 자와 받아 챙기는 자가 있는
데, 그렇게 수 천 년 동안 살아온 겁니다. 시간이 되신다
면 제 책에서 오늘날 부정부패가 발전을 방해하지 않는
다는 부분을 읽어 보시기 바랍니다. 왜냐하면, 제가 잘못
아는 게 아니라면 중국은 극도로 부정부패가 심한 나라
입니다만 아주 빠르게 발전하고 있습니다. 러시아도 극
도로 부정부패가 심하지만 아주 빠르게 발전하고 있습니
다. 그건 항상 존재했던 것으로 우리는 늘 그것과 함께 살
아왔던 겁니다. 마치 감기처럼."

또, 이런 이야기도,

"회사에는 이런 것들이 중요하지 않죠. 그들은 이 지하철로 다닐 일이 없으니까요. 철도를 이용하는 것은 우리 노동자들, 학생들이죠. 그리고, 사고가 일어나면 죽는 것도 우리들이구요."

어느 다큐에서.

2014.06

담당의로부터의 문자와

병원 담당의로부터의 문자

…(전략)…

귀하의 모든 활동을 여러 곳(다 아시겠지요?)에서 정밀 모니터링하고 있다는 사실은 이미 잘 알고 계실 겁니다.
근자(近者)에 귀하의 증세가 호전되지 못하고 오히려 악화하고 있는 것 아닌가, 판단됩니다. 의학적으로는.
특히, "이웃 별" 관련된 내용은 참 재미없고 황당합니다.
게다가 "우주 물질의 숙명 운운…"은 제 의욕을 더욱이나 꺾고 있습니다.
당장 망상을 중단하시지요.
사회 부적응증이 그런 방식으로 배설되고 있는 상황에 담당의로서 무한 책임을 느낍니다.
부디, 자중자애하소서. (귀하의 방식으로 부탁합니다.)

〈답신 문자〉
헐,
쓸데없는 소리나 하지 마시고
나하고 비슷한 환자들의, 그 리스트나 내놓으시죠, 얼른.
당장! (당신의 방식으로 부탁)

2014.06

〈답신 문자〉
헐,
쓸데없는 소리나 하지 마시고
나하고 비슷한 환자들의, 그 리스트나 내놓으시죠, 얼른.

지구에는 몇몇 아주머니들만

지구에는
몇몇 아주머니들만 남았다.
아파트 아래, 상가 가는 길에서
– 마지막 비행선이 며칠날 오는지…
오전 내
2단지 어디에선가 아파트 시멘트벽을 부수는
해머 드릴 소리가 들리고
– 상가 2층의 슈퍼마켓은 오래전에 문을 닫았을 것이다
이 동네 바깥의 거리는 더욱 조용해졌다

해는, 아직은
지구를 밝히고 있고
– 어쨌든 오늘까지는 떴다
하늘,
먼 우주에서 온 구름 조각들과
오랫동안 이 별에 기대어 함께해 온
반원의 달이 하얗게…

지구 문명의 남루한 상상력들처럼
흑백 사진으로 떠 있었다

병원에선,
이제 돈을 받지 않겠습니다
따끔한 주사 한 방
공짜로 맞고
― 아, 내가 마지막 환자는 아니었다
문방구에 들러, 서류 집게
― 마음에 들지 않지만, 이제 쇼핑도 끝이다
다섯 색깔의 집게 세트를
― 이게 지구에서의 색깔이었단다
손에 들고 돌아왔다

― 마을과 거리에 남은 각종 경고와 주의와 광고 문구들
은 이제
아무런 의지도 담고 있지 않았다, 그렇게 불편하던 것
들…

와중에, 식구는
뜨개질 수업에 나갔고, 텅 빈 집

짐을 싸야 한다, 고 생각하며 첼로를
무감한 두 무릎 사이에 끼고 연습곡 두 곡을 연주하고
활줄을 풀었다
세계가 너무 무감하다. 약음기, 앞으로 약음기를 끼우지
않아도 될까
이미 영혼이 다 빠져나가 버린 것 같은 첼로의 아베마리아

첼로부터 싸고
점심 후 떠날 준비를 해야 한다
마지막 식사도 아닌데, 나더러 점심에 스테이크를 먹으
라고?
역류성 인후염… 뭘 든든히 먹어야 하는지…
농담 같은 마지막 시를 쓰고 싶었다
편안한 농담 한마디쯤은 남기고 가야 한다고

철 지난 샌들을 신고 바람의 파장도 없는
느티나무 그늘 아래로 걸으며
오전 적막한 아파트 풍경을 음미하며
여기 너무 오래 머물렀다고, 그 똑같은 말을 온전히 쉬어
버린 목소리로
중얼거렸다

오늘, 낼
시골 작업실에서 지낼 것이다

거기선, 밤에
우주를 볼 수 있다
그
별들의 바다…

2014.09

오늘, 낼
시골 작업실에서 지낼 것이다

도심, 산사음악회

해가 진다

도심 해발고도 높은 곳,
자본도 못 쳐들어오는 가파른 산 동네
오래된 단독 주택들이
층층이 버티는 산 아랫마을
청 페인트 지붕 기와들이, 옛날
강 하구의 평원을, 지금은
분주한 세속을
내려다본다

애들
아주머니들
"천년 고찰" 오르는 길
오늘 거기서 무슨
떠들썩한 잔치가 벌어졌다
산사 음악회

국수를 내는 큰 법당 안의 불가 달력
어느 (특별한 의미 없는) 해, 구월 페이지에는
휘날리는 붓글씨로
일체유심조(一切惟心造)…
모든 게 관념이라

대법당
부처가 미간으로 확인 음미하시는, 서쪽 도시의 타워크
레인, 의 조종석,
유리창, 에 비치는, 슬픈 노을, 너머 붉은 구름, 뿌려놓은
우주
그 소리 없는, 시간을 알 수 없는 공허의, 푸른색, 깔도,
물론,
지상의, 인간의 숨소리도, 계급도
충만한 욕망과 에너지와, 모든 패배의식도(인간은 인간
에게 패배했다)
평생, 의심과 승인되지 않음으로 완치되지 않는 자기 살
깊은 곳의
부스럼, 의 껍데기를 조용히, 핥는 모범 인간들의
고투도
관념이라…

차라리
종을 쳐 주세요. 범종을 쳐 주세요, 아니
저 범종각 무너뜨려 그 쇠 종이 이
가파른 시멘트 골목길들 굴러, 굴러 내려가면
그 종소리
얼마나
장엄할까요

해도
지는데…
깊은 산
산의, 산의 모든 쇠 종들
돌바위 계곡으로
굴려
뎅그랑 땅땅 뎅그랑 땅땅…
먼
우주에서도
그 소리 들리게…
그곳, 아무 의지도 갖지 않은 게 무슨
자랑인가요… 헐!
해 지는데,

법당 앞 국수 공양 대기자들 줄이
기이…일고

비좁은 주차장엔
늦게 도착하는 구경꾼들 발걸음 바쁘고
해도 지는데

"노래"가 무슨
가상스러운 보시(報施)라고…
가난한 이들
가파른 비탈마다 끼리끼리 어깨 걸고 겨우 버티는
(버티고 지켜 살아남으려는, 치열한)
바위산 동네 일몰
녘

"노래"가 무슨
불성(佛性)의 나무, 쇠 두드리는 소리만이나 하다고
산꼭대기 좁은 마당 가득
세속의 요란한 법석을 열었나요
중생들을 불러 모았나요
아…

제행무상(諸行無常)
어디, 하나 그저 그대로인 적 없단다
중생은 오늘 여길 지나가고
시간은 오늘을 지나간단다
해도 그만, 안 해도 그만… 시끄러운 거 좀 견디면 되지
지역 유지들도 인사차 관용차 타고, 수행원들 이끌고
품위 있게 숨 안 차게 올라오실 테고
오늘… 뭐
범종각 기둥 아래 금이나 조금
더 갔을라나…
거기 위험한 축대 끝, 네
뒤통수 혈맥이 더 요란하구나

우르릉 꽈…… ○……
할!
그래,
모든 게 그저 관념
관념이라 합시다.
오늘은
가슴 뻐근하게
저렇게 해도

지는데…
요…

2019.09

다시 노래를 만들게 되었다. 그간 써놓았던 단문들이나 메모들, 새 이야기로. 줄줄이 쏟아져 나왔다. 정말 좋은 노래를 만들고 싶어 새벽마다 기타를 들고 앉아 노래를 만들었다. 나의 노래는 음악일까, 시일까. 나의 노래는 문학이 될 수 있을까.

그중에,
시가 아니어도, 문학이 아니어도, 음악이라는 근사한 옷을 차려입고 장에 나가듯이 또는, 공공장소에 얼굴 내밀 듯이, '올봄 내가 지은 농사지요, 나도 상품을 만들어 낸 생산자지요. 작곡가랍니다.' 〈집중호우 사이〉라는 앨범으로 묶었다. 〈바다로 가는 시내버스〉 앨범 이후 13년 만이다.

앞에 열 곡 차례로 올린다. 그리고, 녹음하지 않은 나머지 곡들 (이것들은 또 언제나 "노래"로 나오게 될지, 기구한 나의 노래들…) 중에 골라 2부에 올린다.

기러기

기러기 날아가는 저 들판 해 질 녘
멀리 울려 퍼지는 총소리를 들었니
소년은 그 들판을 달리고 마을엔 저녁 연기 깔리고
바람도 없이 물 빠지는 갯벌 소년은 안 돌아오고
기러기 떼 날아간다
기러기 떼 날아간다

앞집 어린 누이는 물 건너 시집가고
늦가을 텅 빈 마당 가 쑥부쟁이 여태 피고
큰댁 할아버지 엽총 사냥 나가고, 늙은 포인터 앞세우고
아버지는 객지에서 돌아오고 소년은 아직 안 돌아오고
기러기 떼 날아간다
기러기 떼 날아간다

가물가물 먼 들판 끝 썰물 갯벌 물 빠지고
깊은 도랑 천둥소리로 간척지 장둑 무너지고
붉은 나문재들 어둠이 덮고 물 건너 산 더욱 멀어지고

할아버지 개를 따라 돌아오고 소년은 아무 데도 안 보이고
기러기 떼 날아간다
기러기 떼 날아간다

2022.10

성공회대학교 강당에서 어떤 행사가 있었고 (아마도 난 노래를 안했다)
<더 숲 트리오>의 공연을 보게 되었다. 김창남 교수와 또 두 분의 노래.
그런데, 내가 듣고 싶었던 <비둘기야>를 안 하고 공연을 끝내는 것이었
다. 그래 내가 객석에서 "거, 비둘기야 좀 불러 주세요, 불러 주세요." 강
권을 해서 결국, 들었다. 그리고, 집에 와서 그런 노래를 나도 하나 만들
어야겠다고 생각했다. 그 비극의 서정, 나의 이야기로.

이 노래가 나왔다.
너무 비극적이지는 않았다.

도리 강변에서

오래 잊혀진 나루에 배는 없고 나는 거기 지는 해 바라본
다
오늘이 며칠이냐고 내가 내게 자꾸 묻는다
강은 깊은 산 휘돌아 흘러와 여주 도리 그 강둑길을 지나
뽀얀 노을빛 꿈결 같은 서쪽 마을 너머로 사라지는구나

다시 생각한다, 그때
어느 산길 끝에서 내가 본 것은
"길이 없습니다"라는 작은 간판
그리고,
그 안에 은밀히 숨겨져 있던 두 노인의 조용한 거처
돌아 나오다 돌아 나오다 이렇게 끝일까 생각했었다
그 산길 계곡 물소리 들으며 뛰어 내려오다 서 있다 했었
다
오… 계절 깊어 가고
오… 그 집, 문득 숲이 되어 있었다

어둑어둑 이 선생네 양계장 어린 개들이 사뭇 꼬리를 흔
들고
그래,
악수를 나눈다는 것도 그저 무심한 일이었다고 해두자
들어온 길로 다시 나가야 한다고 어둠이 스멀스멀 깃드
는구나
떠나고 남는 사람들은 없단다, 다만
길이 여기저기로 흩어질 뿐
오… 도리 강변 노을 지고
오… 그 강 어둠 속으로 흘러가고

2022.04

남한강은 저 아래에서 북으로 흘러오다 원주 부론에서 섬강과 만나 여주에서 서북으로 흘러 서울로 간다. 부론 흥원창 쪽에서 바라보는 남한강은 장쾌하다. 그 인근에 여주, 도리 마을이 있다. 동서 남쪽이 다 산으로 막히고 북으로만 트인 지형의 숨겨진 마을. 지나가는 길이 아니고 일부러 들어가야 하고 돌아갈 때는 다시 그 산길을 타고 나가야 한다.
강너머 강천 쪽은 너무 양명하여, 게다가 거대한 일직선의 제방과 새까만 아스팔트에 노오란 차선의 자전거도로로. 마음 불편하다.

"길이 없습니다"라는 작은 간판을 지리산 쌍계사 일주문 아래에서 보았다. 오래전에 그 민박에서 며칠씩, 두어 번 묶기도 했다. 지금은 쌍계사의 일부가 되었다고 한다.
그때 그 노인 내외분 아직 살아계실지…

길이 없습니다
막혔습니다

나의 범선들은 도시를 떠났다

저 하얀 범선을 타고 내 유년의 바다로
저 하얀 범선을 타고 내 전생의 바다로
허나, 그 유년의 바다 너무 얕고
전생 같은 것 어디 있겠느냐 오래전,
배는 폭풍의 바다를 건너와
항구도 없는 도시 변두리
어느 생선구이 집 어둔 계단 아래
작은 쪽창에 오래 붙박여 있구나
오, 하얀 돛 펄럭인다
누가 또 저 배를 보았다 하느냐

그 집 주차장 작은 마당에 햇살 내리고
현관의 오래된 화분들 노랑꽃을 피우고
그래, 겨울이 너무 길었구나
그래, 이제 새바람이 불어야지
다시 만조의 파도가 도착하면
반도의 풀과 꽃씨를 실은

배는 무거운 닻을 끌어 올리고
계절풍에 하얀 돛을 펼치리라
오, 절벽의 큰 바위 해안
내 안에서 바다 일렁인다

저 하얀 범선을 타고 내 유년의 바다로
저 하얀 범선을 타고 내 전생의 바다로
허나, 그 유년의 바다 너무 얕고
전생 같은 것 어디 있겠느냐
불모의 시멘트와 아스팔트
도시는 메마른 숲을 이루고
여기도 누군가의 유토피아
저 배, 닻을 올리고 있구나
오, 더운 바람이 불고
푸른 바다 일렁인다
오, 푸른 바다 일렁이고
바다에 범선들 가득하구나

2022.09

송파 시절, <제주뚝배기> 집엘 자주 갔다. 주로 고등어구이와 오분자기
된장찌개를 먹었다. 어쩌다 손님하고 술도 한잔하려면 2층엘 올라갔는
데, 그 계단 쪽창에서 하얀 범선을 보았다. 그것이 그려진 유리를 달았을
까, 유리를 달고 그림을 그렸을까? 아니면, 그림 종이를 붙였을까, 생각
하며 사진을 찍었었다.
시간이 오래 지나고, 옛 폴더에서 그 하얀 범선을 다시 만나게 되었다. 가
슴이 설렜다. 노래로 만들어야지… 영화 <구니스>의 아름다운, 몽환적
인 엔딩 장면을 떠올리며 그 속에 내 독특한(!) 세계관을 오버랩하면서…

엘도라도는 어디

저녁 햇살 따사로운 고속도로 붐비는 휴게소
거기 가득 울려 퍼지던 피리 소리는 어디
화려한 깃털 의상과 애잔한 음악 소리
구슬픈 그 멜로디들은 어디
자동차들이 줄지어 들어오고 나가고
누가 잃어버린 낙원의 신화를 얘기할까
안데스의 바람에 휘감기던 오창 휴게소
오, 엘도라도로 가는 길
오, 잉카의 노래들은 어디
오, 그때 그 사람들은 어디

모두 마스크를 단단히 쓰고 차에서들 내려
음, 식당으로, 편의점으로
그들이 노래하던 자리에선 누군가 색소폰을 불고
모두 바쁘게 그 앞을 지나가고
머리 길게 땋아 내린 새파란 하늘의 사내들
하얀 산맥 아래의 말수 적은 사람들

스피커에서 가늘게 떨리던 엘 콘도르 파사
오, 협곡의 콘도르들을 부르던
오, 잉카의 노래들은 어디
오, 그때 그 사람들은 어디

오늘은 노을도 번지지 않는구나
그들의 노래도 들리지 않는구나
멀고 먼 산 구름 걷힌 마추픽추
오, 그 산정의 피리 소리
이제는 트로트 흐르는 휴게소
오, 그때 그 사람들은 어디

모든 길 위에 하나둘 별이 뜨면
오, 그 엘도라도는 어디

2022.04

사람의 기억은 별로 믿을 만한 것이 못 된다. 까맣게 잊어버리기도 하고,
뒤죽박죽되기도 하고, 멋대로 편집 왜곡하기도 하고… 하지만 디지털 사
진. 그건 그렇게 하지 못한다. 날짜, 장소가 콕 박혀 따라다닌다. 그리고,
당시의 비시각적 인상들도 메타데이터에 은밀히 숨겨져 있다.
새로 생긴 오창 휴게소. 거기 화려한 깃털 의상의 인디오 밴드. 그들을 뒤
에서 찍었다. 옛 폴더 안에 아무 의미 없는 숫자의 jpg 파일로 남겨져 있
었다. 그걸 열자, 그들의 피리 소리가 들려왔다.

그들은 결국 그들의 문명 속으로 돌아갔을 것이다. 아아, 안데스… 가 본
적도 없이 책으로만 읽은 잉카…
남미 여행기를 대여섯 권이나 읽었다. 모두 거길 다녀온 지인들이 쓰고
보내준 것들이었다. 두터운 여행기를 읽는 일은 실제 그곳에 다녀온 것
의 십 분의 몇만큼은 함께 고단하다. 모두 참 좋은 글들이었다.
용감한 문명 탐험가들에게 경의를!!

솔미의 시절

보슬비 소리에 등불을 켜니 온 산새들 내려와 왁자지껄
새벽 안개는 골짜기를 감추고 닭 울음소리 산정을 깨우
는구나
가을 강 하얀 갈대밭 침묵처럼 다 쓰러지고
안개 아래 차가운 강물 뒤도 안 돌아보고 흘러만 가고
남한강 대교 한적하고 그 산길 굽이 돌아
서울로 가는 길, 이 노래만 불렀지

서울을 등지고 남쪽 내려왔더니 강은 무심히 북으로 흐
르더라
배는 물가에 묶여 있고 그 곁으로 물고기들 더 멀리 거슬
러 내려가고
솜털 꽃씨 한 움큼 움켜쥐고 길고 가녀린 꽃대로 종일 흔
들리는
이제 그만 놓아라, 놓아주어라, 마당 가의 가을 민들레
남한강 대교 한적하고 그 산길 굽이 돌아
부론 가는 길, 그 강변의 한 시절

밭둑 웅뎅이 키 큰 뽕나무 검정 비닐 한 폭 높은 가지에
매달고
저녁 내내 눈보라 속 깃발처럼 흔들고 있었지
별은 가까이 내 머리 위에 빛나고 여기 또한 그 별들 중
의 하나임을
알지 못했네, 알지 못했네, 겨울 고라니들이 산에서 내려
왔네
남한강 대교 한적하고 그 산길 굽이 돌아
솔미 가는 길, 그 강변의 한 시절

2022.10

솔미 펜션에서 썼던 붓글들, 짧은 메모들… 많이도 끌어다 한 곡을 만들었다.

'그러기엔 너무 아까운데… 더, 여러 곡을 만들 수 있었는데…' 하지만, 이리 많은 에피소드를 한 곡 안에서 연결하고 풀어내면서 꽤 풍성한 이야기를 담게 되었다. 거기는 이렇게 내게 풍성한 시적 상상을 가능케 한 곳이었다.

'아, 우리에겐 정말 홀가분한 시절이었는데…'

아내가 이 노래를 부르고 싶어 했다. 녹음하고, 녹음하고… 하지만 결국 포기하면서 "이 곡은 역시 당신 노래"라고 말했다.

특별하고 좋은 시절은 다시 오지 않는다. 끝없이 오는 현재에서 만들어야 할 것이다.

(아차, 그때에도 마음 한켠의 짙은 우울은 어쩌지 못하고 있었다. 어쩌면 그건 나이가 만드는 것. 그러니…) 다 내게 하는 말.

집중호우 사이

올여름엔 파란 수국꽃을 기다리지 않겠다
아직 내 젖은 발목만큼도 올라오지 못한 어린 잎새들
전쟁 같은 폭우 장마에 강물 흐르는 주택가
멀리 포성과 섬광이 멎고 문득 지리멸렬해지면
그 갯벌 키 작은 갈대밭 붉은 다리의 어린 농게들이
질퍽한 각자의 참호에서 간지러운 햇살 기다리리라
오, 서기 이천이십 이년
유월 말일, 오후 세 시

누가 참혹한 장마 전선에서 붉은 피를 흘리고 있느냐
강북 강변 낮은 도로변엔 능소화 모두 널브러졌다
골목길 투명 비닐봉지, 갈증의 물병들이 떠내려가고
요란한 응급차들이 장대비 양화로 커브 길을 질주한다
서해 바다 해안 길마다 휴전의 펜션 무너진 담장들
거기 하얗고 또는, 새파란 수국꽃들이 흐드러지리라
오, 서기 이천이십 이년
유월 말일, 오후 세 시 삼십 분

뚝 부러진 가로수 가지 아래 통신선들이 흐느적거리고
남서풍에 구름이 몰려오고 태풍 경보 다시 발령되는 사
이
낡은 연립들 여전히 씩씩하게 유리 빌딩들 곁에 서 있고
화단의 바람 잠든 사이 수국 잎새 하나 더 틔우리라

그 갯벌 키 작은 갈대밭 붉은 다리의 어린 농게들이
질퍽한 각자의 참호에서 일제히 기어 나오리라
오, 서기 이천이십 이년
유월 말일, 오후 세 시 오십구 분

2022.07

"이 곡은 오케스트라 느낌의 편곡이라야 할 것 같애."
나도 딸도 같이 생각했다.
"아빠, 이건 힘 있게 불러야 할 것 같애."
딸이 또 말했다.

그렇게 불렸을까…
편곡자에게 그렇게 부탁하고 놀라운 결과를 돌려받았다.
아름다운 오케스트레이션의 "음악". 편곡자 박만희!

2년 내내 꽃 피우지 않는 우리 집 어린 수국 그리고,
전국 순회 콘서트 중 밴드 멤버들과 함께 갔던 어느 갯벌 갈대밭…
순천만이었던가…

어린 시절 도두리 들판 너머 길고 긴 갯벌의 농게 뻘밭…
십여 년 전 낡은 랭글러 지프를 타고 가까운 서해 해안을 찾아 헤매다 만
났던 어느 현대식 펜션촌 그리고, 여기 마포 주택가. 장마 집중호우 사이
에 모두 호출하여 노래 속 여기저기 집어던졌다. 각자 풍광들을 펼쳐 봐.
마무리는 내가 할게. 이번엔 좀 다른 방식으로 얘기할 거야. 나의 존재와,
나를 지나가는 시간들과 나의 거처… 그리고, 온갖 재앙들로 무소불위의
폭력성을 몇 겹 더 착용한 이 산업 세계의 불안과…

하동 언덕 매화 놀이

"가는 비에 매화 향내 흩어지고
멀리서 온 손님네들 길 떠난다고 바쁘시고"

봄날은 오래 머물지 않고
주인은 꽃 젖어 근심이라
내가 여기 언제 왔던가
겨우 어제 하룻밤만 같은데

꽃 좋고 고요한 곳 없더라, 쌍계사 스님들이 돌아앉아도
하동 언덕에 봄 매화가 지천이요, 화개천에 그 꽃물이 흐
르는데
오, 봄이로구나
오, 잘 있거라

"천왕봉 안개 걷히지 않고
불일 폭포 찬물 그저 쏟아지고"

봄날은 오래 머물지 않고
마당의 바람 햇살을 휘감는데
내가 여기 언제 왔던가
한오백년 머문 것만 같은데

꽃 좋고 고요한 곳 없더라, 녹찻물 끓이는 소리도 버글버
글
섬진강 은어 떼 보이지 않고 산수유 앞다퉈 움트는데

꽃 좋고 고요한 곳 없더라, 누가 떠나도 누가 온다, 그 산
아래
산사의 목탁 소리 굼뜨지도 서두르지도 않는데
오, 봄이로구나
오, 나는 간다

오, 봄이로구나
잘 있거라, 나는 간다

2022.04

지리산 이원규 시인의 집 옆에 매실밭이 있었다. 초봄이면 해마다 매화 필 것이었다. 흰 매화. 인근의 박남준 시인의 작은 마당에는 붉은 매화가 핀다. 봄비 내리는 매화밭, 거기 서 있는 이 시인의 사진 한 장… 이 노래가 되었다. 이 시인은 구례로 갔고, 박 시인에게 전화했다.

"여보세요? 어… 남준이? 매화 피기 전에 피는 꽃이 있나? 거기 노래를 만들고 있는데에…"
"아아… 산수유요? 그런데, 형 시마(詩魔)에 붙잡혔구만."

그랬다. 노래를 만들던 그 시기에 난 시마에 붙들려 있었다.

편곡과 반주 녹음, "신나게 놀아보자. 우리 연주 멤버들 다 들어오고… 나도 만돌린 하라구? 오케이." 레게 북도 두들겨 상쾌한 뽕짝, 관광버스 가라오케 같은 곡 비슷하게 되었다. 연주자들 모두가 원했던 대로, 웃짜, 웃짜, 웃짜자, 웃자…

정산리 연가

"나라구 왜 한때 좋은 날들이야 없었을라구"
대절 버스 도시 아줌마덜 채소밭에 모종 내구
강물 반짝이며 봄날은 간다

아침 강 안개 낯선 손님들 기척에 물러가고
그 손님들 낮은 장화 풀이슬에 다 젖는데
강물 반짝이며 봄날은 간다

언제 적 청춘이냐, 언제 적 사랑이냐
강물 소리 없이 봄날은 간다

"나라구 왜 한때 좋은 날들이야 없었을라구"
앞산 진달래에 뒷산 뻐꾸기 애절한데
강물 반짝이며 봄날은 간다
언제 적 청춘이냐, 언제 적 사랑이냐
강물 소리 없이 봄날은 간다

2022.04

솔미 펜션에서 강은 좀 멀리 보인다. 그사이에 넓게 펼쳐진 채소밭이 있고 맹그로브처럼 반쯤은 물속에 뿌리내린 수양 버드나무들과 갈대밭이 있다. 채소들 모종 내고 수확할 때는 외지 인력의 도움이 필요하다. 자원봉사자들도 오고, 교도소에서도 오고, 대절 버스로 도시 아줌마들이 오기도 한다. 내가 그분들 일하는 데까지 가보지는 못했으나 더러 멀리서 깔깔대는 웃음소리까지 안 들릴 거리는 아니었다.

"나라구 한때 좋은 날들…" 운운하는 건 내 말이다.

때로, 그 강가 새벽 짙은 안개 속에서 자동차 엔진 소리가 꺼지고 서로 불러대는 또는, 껄껄거리는 동남아 사내들의 목소리도 들렸다. 강 안개가 서서히 걷히고 나면 멀리 밭 가운데 그들의 모습이 드러나고 그 너머로 가늘게 흘러가는 강이 보였다.

그 새 초록빛을 얻은 채소밭이 넓게 펼쳐지고…

폭설, 동백의 노래

겨울 강 어디쯤에서 하얀 눈발 날리고 있더냐
누구의 그리움들이 한꺼번에 쏟아지고 있더냐
세상에 눈물이 넘쳐 깊은 강으로 흐르다
아니다, 아니다,
바람을 타고
돌아오고 있더냐
붉은 동백은 고요 속으로 뚝 뚝 떨어지고
그리워, 그리워요
소리도 없이 날리고 있더냐

세상에 눈물이 넘쳐 깊은 강으로 흐르다
아니다, 아니다,
저녁 숲으로
돌아오고 있더냐
붉은 동백은 적막 속으로 뚝 뚝 떨어지고
그리워, 그리워요,

소리도 없이 날리고 있더냐

그리워, 그리워요,
하염없이 날리고 있더냐

2022.07

2019년, 내 노래 에세이집 <바다로 가는 시내버스> 출간 인연으로 오민
석 시인을 알게 되었다. 그분의 시집들을 거의 다 보고 근래의 에세이, 평
론집까지 훑었다. 그 탁월한 작가의 평론집에 거론되는 시인들의 시집들
도 다 사서 읽었다. 어느 시인은 보내주었다. 이 노래의 도입부는 오 시인
의 시 너울에서 빠져나오지 않고 얼마간 차용하여 시작하게 되었다.
"겨울 강…"
그 한마디에 담긴 특별한 울림이 이 노래를 만들게 했다.

동백.
악양 섬진강 가의 이원규 시인네 마당에서 보았고, 여수 강종열 화백의
화실 밭에서 보았다. 날이 따뜻해지기 시작하면 붉은 꽃은, 동백은 세상
에서 사라진다.

민들레 시집

민들레 노랑 꽃 햇살만 기다리고
가늘게 봄비 지나가고
인적 없는 거리 긴 긴 보도블록 위
너를 닮은 누군가 지나간다
순정의 시편들이 귓가에 속삭이고
그리워하세요, 잊지 마세요 하고
거기 오래 꽂혀 있던 책갈피 자욱처럼
지우지 못해 눈 감고
동그랗게 피었다 바람에 흩어지는
민들레 하얀 봄길 걸어간다

봄은 멀리서 오고 누군가 함께 오고
따사로운 햇살 그림자처럼
고적한 정거장 오래된 벤치 위
바람만 잠시 머물고 있구나
그 옛날 연인들이 아픈 줄도 모르고

그리워하세요, 잊지 마세요 하고
일생에 단 한 번쯤 사랑하세요
뜨겁게, 애틋하게
온몸으로 피었다 결국 꽃대만 남아
오래 흔들리는 민들레야

노랗게 피었다 꿈 같은 씨앗 되어
세상으로 흩어지는 민들레야

2022.06

"민들레는 옥상 화단의 귀빈"이라고
초봄, 할미꽃보다 먼저 피니 반겼다.
피고 지고, 피고 지고…

아내를 위한 노래를 만들어야겠다고 악상을 잡았다.
"순정의 시" 같아야 한다고 이야기를 풀었다.
애틋하게, 애틋하게…

노래를 다시 만들기 시작하면서 욕심은, 일렉기타를 들고 무대 위에서 춤도 출 수 있을 만큼 리드미컬한 또는 파워풀한 곡들을 만들자… 는 거였다. 신나는 노래들이 얼마나 좋은데… 그래서 새벽 책상에서 무거운 일렉기타를 들었다 놨다 하면서 곡들을 썼다. (일렉 기타는 앰프에 연결 안 하면 거의 묵음이다시피 하니까) 그러다가 다시 내 옛날 스타일들이 나오게 되었고…

노래 녹음을 시작하기 전, 앨범 구상 단계에서는 사실 긴가민가하기도 했었다. 이 노래들로 앨범을 만들어도 될까, 하면서 아주 조심스럽게 선곡을 하고 혼자 편곡을 하게 되고, 내 방에서 컴퓨터 로직 프로그램으로 해야 하니 높은 볼륨으로 작업하기 어려워 결국 조용하게 기타 치고 낮게 웅얼거리는 노래들, 일렉 기타의 확성 이펙트들과 디스토션이 아니라 클래식 기타 아르페지오로 반주할 수 있는 곡들만 10곡을 고르게 되었다. 거어 참…

내 노래 8곡은 그렇게 내 편곡으로 1차 완성되었다. 난 그 로직 편곡 작업에 만족했다. 그리곤 주위에 들려주는데, 다들 편곡이 진부하다는 거였다. 게다가, 가사들도 낯설고…

아뿔싸!

좌절하고, 우리 밴드 피아니스트 박만희에게 부탁하기로 했다. 그렇게 하고는 그가 후반 작업할 때마다 같이 붙어 앉아서 시시콜콜 주문을 하고, 잔소리를 하고… (격려도 하고!)

결국, 8곡 만족한 편곡이 나왔다. 두 곡은 내가 했던 것을 그대로 쓰면서 색깔만 좀 더해 주고. 어쨌든 이번 앨범 편곡의 9할은 만희 손으로 해낸 것이다. 그걸, 연주자들이 와서 리얼로 녹음을 하고, 그래서 더 좋아지고… 내 노래도 그런대로 낮게 낮게 잘 들어가고… 기분 좋게 믹싱까지 끝내고… 하지만, 박은옥의 2곡…

거기도 우여곡절이 좀 있었다. 그 얘긴 다른 기회에 하기로 한다.

2부의 여기까지가 새 앨범 수록곡들이다. (다행히 덜 기구한…)

올레길 하얀 요트

중산간 서커스 공연장엔 빨간 타이스의 어린 몽골 소녀
들이
그 앳된 얼굴에 짙은 화장기, 하얀 접시를 세 개씩이나 돌
리고
나는 객석에 앉아 박수를 쳤지
음, 아주 많이…

또, 그 또래의 남자아이들이 둥근 모자를 들고 무대로 뛰
어나와
서로 던지고 머리로 받고 또 던지고 음…
나는 서귀포 앞 바다를 생각했지
거기 멀리 떠 있는 하얀 요트

넌 나의 바다에 닻을 내리지 않고
수평선 너머 다른 세계로 떠나가자 하고
파도 소리처럼 갑자기 박수 소리가 천막 가득히 쏟아지고

공연이 끝나고 나는 야외 대기장 분장실 앞으로 갔지
거기 마른 갈기의 몽골 말들이
낯선 얼굴로 나를 바라보며
바닷바람이 꿈결 같다고, 그 너머엔 또 무엇이 있느냐고

이른 봄 온 섬의 동백꽃들이 다 흩어지도록 바람이 불고
관광객들은
더 이상의 몽상도 없이 비행기를 타고
그들의 나라로 떠나고
해변의 작은 새는 내게 노래를 하고
그 벼랑 끝에서 나를 부르고

넌 나의 바다에 닻을 내리지 않고
수평선 너머 다른 세계로 떠나가자 하고
나는 올레길 가의 노랑 유채밭 그 언덕에 올라, 더 높이
올라

넌 나의 바다에 닻을 내리지 않고
수평선 너머 다른 세계로 떠나가자 하고 난 거기
구름 한 점 없는 푸르른 수평선 그 너머로
손을 흔들고

2022.03

노래를 만들겠다고 다시 기타를 잡자 십몇 년 여 간의 노래 절필을 깨는 첫 노래가 내 안에서 꿈틀거리기 시작했다. 오래전에 찍어두었던 사진들을 보며 이야기를 끄집어내기 시작했다. 푸른 바다, 하얀 요트, 중산간의 서커스장, 몽골 말들, 접시를 돌리던 이국의 소년 소녀들, 유채꽃, 올레길…

사진들과 함께 하드 디스크 깊숙이 처박혀 있던 소회들이 그 풍광들 속에서 일렉 기타 아르페지오 사이로 비집고 나오기 시작했다. 아, 노래가 이렇게 만들어지는 거지… 돈 들여 새 앨범을 낼 수 있을지 없을지는 둘째 문제, 다시 행복해지는 느낌? 살아있는 느낌? 그렇게, 나도 잘 모르겠는 새로운 느낌의, 1년여의 창작 몰입이 시작되고 있었다. 노래 만들기, 이게 내 본업이었나 싶은… 소재는 주로 그간 썼던 붓글들, 옛 사진들에서 가져왔다.

사실은, 그때쯤의 어느 날 딸과 손녀 따라서 마포 도서관엘 가게 된 적이 있었다. 그들과 갈라져서 난 문화예술 코너로 갔고 거기서 밥 딜런을 만났다. 그의 가사 전집. 표지 사진을 찍어와 온라인으로 주문했다. 헐, 1,000여 페이지나 되는 한영 대조 가사 전집. 유튜브에서 노래들을 들으며 전부 훑었다. 그리곤, 그에 관한 평전(아, 탁월한! 방대한!)으로 그의 삶도 오래 훑었다. 그의 소설집도 사서 보다가 접고… 또, 오민석 선생이 쓴 『밥 딜런, 그의 나라에는 누가 사는가』도 읽었다. 세상에… 우리가 밥 딜런을 이렇게 오해하고 몰랐다니…

그리고, 가지고 있던 레너드 코헨 전기를 보기 시작했다. 그의 가사들(양이 미흡한…)도 다시 들여다보았다. 그러다 접었다. 또, 가지고 있던 비틀스의 가사집을 주욱 훑고… 접었다. 너무나 다른 사회, 문화예술 환경…

하여, 어떤 구체적인 예술적 영감도 받을 수는 없었으나 심한 자극을 받은 것만은 분명했다. 여러 환경 상황과 그들의 삶에 대한 태도에서 느껴지는 이질감이 큰 것만큼이나 자극도 그렇게 크게 온 것이었다.

그래, 노래를 만들자. 여기서도 저런 정도의 노래들이 나올 수 있지. 내가 하지 뭐… 이렇게 다시 노래를 만들게 된 것이었다.

이 노래, 리드미컬한 일렉 사운드로 풀어야 할 곡이라서 애석하게도 새 앨범에 싣지 못했다.

"기다려 봐, 하얀 요트…"

나의 기타는

나의 기타는 타카미네
나일론 여섯 줄의 클래식 기타, 케이스
손잡이가 끊어져 전기 케이블로 멋지게 새 걸로 만들어
줬지,
음향 팀에서
그것도 벌써 오래전 얘기야 지금은 나만큼이나 휴우…
노후하지
평생 나한테 쥐어뜯기고 두들겨 맞고 상처투성이,
그런 백전노장

나의 기타는 타카미네
그리 비싸지도 않은 클래식 기타
나를 따라 소리 지르고, 웅얼거리고 함께 노래했지
그랬어
때론 병원에도 가고 본드 칠도 여기저기
이젠 나를 닮아버린 외통수라고나 할까
달콤한 사랑 노랜 많이 불러보지 못했어

언제나 진지하기만 했어
맞아, 그랬어

이제 그도 이 세상을 알 만큼은 알지
결코 지상엔 인간의 낙원이 없다는 것쯤이야
뭐, 그런 비슷한 거라도 아마 있을지 모른다고
새삼 낡은 깃발을 들고 나서지도 않을 거야

나의 기타는 타카미네, 이제 한 30년은 됐을까
낡은 클래식 기타
풍부한 리듬과 멜로디와 코드, 영감으로 가득하지 물론
아직도

나의 기타는 타카미네
9볼트 배터리가 들어가는 클래식 기타
비장한 노래도, 슬픔에 찬 노래도 함께 했지, 미안…
나의 기타는 타카미네, 이젠 코리안 버전 모국어에만 익
숙하지
나의 꿈과 유토피아도 공유했지, 아직 더
간절한 꿈은 어딘가 울림통 깊숙이 숨겨뒀을지도 몰라

이제 그도 사람들을 알 만큼은 알지, 그들의 문명에서
스스로 구원받을 수 없다는 것쯤이야, 또 하지만
몽상가들은 늘 새로 또 나타나고
그들이 어디에선가 또 새 노래를 부르리라는 것도

나의 기타는 타카미네
클래식 기타 55 잭을 꽂아서 공연하지, 그런데
이제 내가 아주 돌아앉으면 그가 대신 더 긴 긴 노래를
할지도 몰라
아니면 이제 신나는 연주만 하고 싶을지도 몰라, 아니
무대 위에서 늙은 댄서의 춤을 추고 싶을지도 몰라
멋진 신세계가 꼭 여기서 완성돼야 했던 건 아니니까

그래 맞아, 아무도 몰라
나의 기타는 타카미네
아무도 몰라
나의 기타는 타카미네, 그의 노래를
아무도 몰라

2022.03

너 그리워 눈물이 나

저 건너 봄 산 등산로 저녁 안개 아스라한데
그 등성이 나무들 하얀 꽃으로 덮였는데
네가 온 줄 몰랐네
그리운 것들 한꺼번에
언덕 아래 거리엔 오후 사람들
가득한데

너 그리워 눈물이 나, 공원 벤치에 그렇게 씌어있었지
종일 찬 바람 불다 저기 잠시 머물고 오, 오…
너의 노래는 여기 골목 카페 열린 창으로 오, 오…
너 그리워 눈물이 나

그 언제 피었던가 새봄 황매화 모두 지고
하얀 자작나무들 푸른 잎으로 흔들리는데
네가 온 줄 몰랐네
그리운 것들 한꺼번에
버스 정류장에선 누군가 내리고 또

떠나갔다

너 그리워 눈물이 나, 공원 벤치에 그렇게 씌어있었지
다시 바람이 불고 가로등 불 들어오고 오, 오…
너의 노래는 여기 골목 카페 열린 창으로 오, 오…
너 그리워 눈물이 나

2022.04

이번 앨범에 아내가 불러줬으면 해서 처음부터 골라놓았던 곡이었는데 결국은 '잘 못 부르겠다, 잘 안 맞는다'고 포기한, 아까운 레퍼토리이다. 시작 부분의 테마는 이미 시집으로도 발표했던, 전에 오래 살던 송파에서의 이야기이다. 송파 올림픽 공원의 외진 벤치 등받이에서 보았던 하얀 수정액 글. "너 그리워 눈물이 나." 거기에 현 거주지 마포의 풍경을 겹치게 되었다. 이 곡이 언젠가 발표되고, 그 수정액의 시인이 불쑥 나타난다면 저작권의 반쯤은 그의 것이라 인정해야 할 것이다.

그리워서 눈물이 나다니…
누가 이 마음 모를까.

백운면 사과술

충북 제천 백운면에 초여름 장마는 언제 오려나
늙은 개는 땅에 엎드려 호접몽을 꾸는데
불 위의 기이한 항아리에서는 맑은 술이 떨어지고
담장 아래 노랑 꽃들이 손님 가기를 기다리네

대문 앞의 모란꽃들이 피었었던가 졌었던가
옛날에,
전국의 고압선 철탑들을 백운 사람들이 다 세웠다는데
그래, 돈도 많이들 벌고 죽기도 많이 죽었다는데
지금,
"지금이야 뭐, 그렇구 그렇지요오."

언제 다시 놀러 갈까, 뒷짐 지고 마실 가듯이
온 산에 꽃, 그 붉은 봄에 죽장망혜로 떠나볼까

양지바른 장독대의 가장 거대한 서너 항아리

겨우내 삭힌 사과들을 푸대 자루에 담아 놓고
나잇살이나 먹은 사내들이 헐떡거리며 맷돌 들어다가
거기 겨우 올려놓고 먼 산만 바라봤다네

햇살 마당 바람 불고 연못 연꽃들 춤을 추고
"바람이 너무 좋아요, 나 오늘 바람 나겠어요오."
그 집 안주인 종일 바쁘시고 사과술 향내에 취하시고
나는 동무 서재에 들어가 한시나 한 수 지었다네

언제 다시 놀러 갈까, 뒷짐 지고 마실 가듯이
온 산에 꽃, 그 붉은 봄에 중부내륙으로 내려갈까

2022.04

솔미 펜션

강변 마을 다리 저는 중강아지
버스 정류장, 할머니 배웅 나갔다가 혼자 돌아오는
시멘트 포장도로 뒤돌아보고, 뒤돌아보고
햇살 가득 개망초 흐드러진 그 적막강산
푸석한 시멘트 계단 위로 흘러 내려가는 시간들
강변 마을 솔미 펜션
모두 그렇게 소진되어 가는 것이라고
고요하게
무감하게

지난 가을, 잡초 마당에
고운 허물 벗어놓고 인사도 없이 떠난 꽃뱀은
내 휘파람 소리에 다시 올까
다시 올까
무릉도원이 어디냐, 아득히 닭이 울고
산새들이 몰려와 하얀 무명 커튼 너머 짓까불고
강변 마을 솔미 펜션

강가의 나무들 맹그로브 숲처럼 우거지고
엉키는데

뽀얀 안개 아침 강변
트럭 엔진이 꺼지고 어느 동남아 사람들 그들의 모국어
로
껄껄거리며
배추밭으로 들어가는데
정산리 마을 확성기에서 "아아, 이장입니다.
오늘은 안개 때문에 마을 청소는 조금 늦게 시작하겠습
니다"

강변 마을 솔미 펜션
오늘은 다시 서울로 올라갈까
서울로, 음…
강변 마을 솔미 펜션
새벽 별들이 고요히 흘러가던 나의 망명지
그 꽃잔디, 붉은 철쭉
나비들
통신선 위의 작은
새들

2022.04

옥상 농부의 노래

메리골드를 뿌릴까,
접시꽃 씨를 뿌릴까
새봄 옥상 바람 부는 나의 작은 화단에
여무심 약무아(如無心 若無我)라고 글씨 써서 벽에다 붙
여놓고
나는 과연 얼마나 편안해졌을까
죽은 시인들의 낡은 시집
그 어두운 행간들을 따라가다
나의 상념은 어떤 시가 될까, 또 어떤
노래가 될까
저 미세먼지 하늘에 어느 날 무지개 불쑥
솟아날 수 있을까, 또 어느 날,
종이 박스 줍는 동네 노인네들 모두 허리 반듯 젊어질 수
있을까
안녕, 모두 안녕
아주 먼 곳의 무지개들, 이 거리의 노인들
나비들, 벌들

안녕

하면 카든 스피커 우퍼가 내 발가락들을 간질이며 잠시
내 우울과 대신 싸워주는데
스트라빈스키를 들을까,
투 첼로를 들을까,
천재와 엔터테이너들은 광고를 달고 다니는데
딜런의 책들 2천여 페이지, 한 두어 달 걸쳐서 읽었지
자극은 받았지만 영감을 받진 못했지, 그래도 참 고맙지
뭐
오늘 손 세차장에서 바가지를 쓰고 집의 발코니 물청소
를 했어
나의 기타는 언제 돌아오나, 완벽하게 고쳐졌을까
생각했어
안녕, 모두 안녕
뮤지션들과 세차장 사람들
나비와 벌들
안녕

마디 애호박 씨를 뿌릴까,
허니 꿀참외 씨를 뿌릴까

새봄 옥상 바람 부는 나의 작은 텃밭에
조팝나무 하얗게 첫 봄꽃으로 화사한데
어느 숲의 나비와 벌들이 이곳까지 놀러 와 줄까
멀리 빌딩 위를 나는 저 새들 비둘기일까, 아니면,
까마귀일까
이제 무용지물의 옛날 티비 위태한 안테나 위에 내려앉
는데
안녕, 모두 안녕
꽃을 피우는 나무와 풀들
농사꾼과 정치인들
나비와 벌들

안녕, 모두 안녕
안녕해야 해.

2022.04

운주사 와불

새파란 하늘 흰 구름이 자꾸 말을 걸어 오시는데
햇볕 아래 길게 누워 어찌 이리 깊이 잠드셨는가
전라남도 화순군 도암면 운주사
천불천탑 거기 주인장이 바로
와불이라

배는 미련 없다, 골짜기를 떠나고 부처는
언덕에 누워버렸는데
앞산들이 먼 섬처럼 그 배들을 감추었네
떠날 것들 떠나고 못 떠난 것들이 남고
하여,
이리 깜빡 선경에 들었노라
나니나, 나니나
저 아래 언제 밀물 가득 들어찰까

누가 가져다 놨을까 묵언의 칠성암
해 저물고 밤 깊어지면 하늘에서 빛날까
사람들이 몰려왔다가 썰물처럼 빠지면
와불 두 분이 그 별들을 보시겠다고
일어날까

어느 날,
천지개벽하야 바닷바람이 불어오는디
부처들이 일어나서 쓰러진 탑들을 세우는디
칠성암 그 무거운 바위산 아래로 굴러 내려가는디
골짜기 아래 물이 차고 배가
가득하드라
나니나, 나니나
이른 밤, 천불천탑이
꿈을 꾸드라
세상사 별것 없더라 고요함만 못하드라
이 골짜기 아무도 들어오지 마라

2022.04

<산사음악회> 등으로 전국의 수많은 절을 가봤지만, 이 절은 특별했다. 먼저 그 이름에서 "구름 배의 절"이라는 풍경이 떠올랐다. 얼마나 운치 있는 이름인가! 雲舟寺. '구름 운'에 '배 주'. 그러나, 유감스럽게도 '運舟寺' 또는 '雲住寺'라고 한단다. 한 절 이름을 이렇게 "또는"이라고 두 개의 한자로 쓰는 경우도 많지 않을 것인데, 내 예상을 살짝 빗나간 두 이름도 운치 있기는 마찬가지. 배가 운행하는 절, 구름이 머무는 절?

긴말할 수 없지만, 이 절의 내력 등과 관련해서는 배 이야기가 빠지지 않는다. 가보면 안다. 내륙이라고는 하나 바다에서 그리 멀지 않고 산이라고는 하나 들판에 솟은 산이다. 절 입구부터뿐만 아니라 사찰 경내, 그 뒤로 그리 높지 않은 정상에 오르다 보면 여기저기 산자락에도 수많은 불탑, 불상들이 널려있다. 그리고, 눈앞에 펼쳐지는 작은 벌판과 그 너머 산봉우리들. 그 봉우리들은 마치 섬처럼 펼쳐진다. 게다가 절 뒷산의 우측 어깨 쪽 밋밋한 아래 봉우리 능선 위에 떠억하니 누워있는 와불 두 분이라니…

사찰 창건 연대가 정확하지 않단다. 지금은 비구니들의 수도처란다. 여기저기 흩어진 탑과 불상 파편들에선 백제 냄새, 호남 냄새가 물씬 풍긴다. 소박하니 아름답다.

사실, 이 절엔 <산사음악회>가 아니라 북한에서 온 예능인들과 함께하는 작은 지역 축제에 초청돼서 가게 되었다. 공연 기다리며 나도, 그 와불 누우신 능선 아래 절 입구에서 그 북한의 무작정 낙천적이고 명랑한 노래와 춤을 아주 낯설게 지켜보고 있었다.

도비도 가는 길

아무것도 후회하지 마라,
누구나 한 번쯤은 무너진다
세월은 추억을 묻어버리고 길은 아픈
상처 위에 누워 있다
포구에 가득 사람들이 내려도 나는
바다만 바라보았다
어깨 위로 노을이라도 타올라야 그 섬이
보일지 모른다
갈매기들이 페리와 함께 떠나고
기적 소리
젖은 바람에 날린다
오, 섬은 바다에 숨고
바다는 안개에 숨었다
어디서 멀리 왔느냐
도비도 가는 길

아무것도 돌아보지 마라,

모든 길들 어디선가는 끊어진다
몇몇 사람들이 방파제에서 내려오고
그 너머 안개 걷힐 줄 모른다
뱃길은 아직 보이지 않고 매표소
창구 앞엔 다시 줄이 서고
프로펠러 물결 뒤집으며 선착장에 배가
들어오는구나
갈매기들이 포구에 가득하고
섬사람들이 앞서 배에 오른다
오, 섬은 바다에 숨고
바다는 안개에 숨었다
어디서 멀리 왔느냐
도비도 가는 길

갈매기들이 물 위에 내려앉고
나는 선착장으로 내려간다
오, 섬은 바다에 숨고
바다는 안개에 숨었다
어디서 멀리 왔느냐
도비도 가는 길

2022.04

담쟁이와 함께

담벼락의 붉은 담쟁이는 청춘을 그리워하지 않는다
오늘도 날이 참 좋구나, 철물점 유리문에도 햇살이
세상에 새봄 잎사귀들이 마른 가지 위로 피어날 때
그때 네가 거기 있었느냐고 그
잎새들이 내게 묻는다
쇼핑센터 빈 수레들이 주차장 한켠에 가지런히들
모여있구나
누구도 제 그림자를 밟지 않고 아무 데도 갈 수 없다
계절을 건너는 횡단보도
거기 내 그림자 지나간다

새로 생긴 베이커리를 지나 짧은
굴다리를 또 두 개나 지나
도시 철길 높은 축대 위 담쟁이는
나를 따라오는구나
어떤 사람이 내게 길을 묻고, 나는 또
다른 사람들에게 묻고

내게도 여기는 낯선 행성, 지금은 별들도
보이지 않는구나
게스트하우스 골목 안으로
늦은 칸나 아직 피어 있구나

배달 오토바이 저 멀리 앞서가고, 내 눈길 그
앞을 달려가고
담쟁이 뿌리들과 함께 나는 성미산길에 들어선다
다시 열린 하늘 어깨에 메고
인적 드문 산길로 간다
밤 별들이 폭포처럼 쏟아지는
거기 어두운 숲으로 간다

붉은 담쟁이가 나를 휘감고
거기 무성한 숲으로 간다

2022.06

송파에서는 송파 노래, 마포에서는 마포 노래… 아, 부론에서는 부론 노래… 소재가 다 생활 반경 안에서 나오니 그렇다. 거기서 움직이고, 보고, 생각한다. 일상에서 소재가 걸려들거나 그것들을 거기서 끄집어낸다. 물론, 간접 경험으로도 노래를 만든다. 내 노래에는 언제나 공간이 있다. 내가 정주하거나 지나가거나 들어가 있거나 바라보고 있는 어떤 지점이 있다. 난 그걸 풀어낸다. 결국 풍경이지만 거기서 얼마간 사진처럼 오려 내거나 거기에 살을 붙이거나 살짝 변형시키거나 완전히 반전시키기도 한다. (사진은 그걸 못한다.) 그러면서 나의 상념이나 메시지를 그 안에 숨겨 넣는다. 내가 다시 축조한 풍경 안에.

나는 근래 송파에서 마포까지 왔고 또 어딘가로 가는 중이다. 물론, 평택에서 여기까지 온 게 먼저다. 내 인생. 누구나의 앞엔 알 수 없는 먼 길들이 있다. 별들이 운행하는 깊은 우주 안에 아주 조그맣게 내가 섭렵했던 그간의 기억 공간들이 있다. 그 수많은 길과 여기 마포, 푸르른 담쟁이 기어오르는 담벼락들을 따라 성미산 가는 길이 있고, 멀리 김포 들판, 서해 바다로 나가는 길이 있다. 길은 언제나, 어디로나 열려 있다. 어디선가 끝나겠지만…

거기,
길을 묻는 사람들이 또
있다.
나는 여기 마포에 얼마나 더 머물 수 있을까
올겨울, 송파로 다시 돌아간다

어느 강 마을 이야기

저길 봐, 온 산에 꽃이야 마을의 한 사내가 말했지
저길 봐, 온 강에 불이야 노을 녘 한 소녀가 말했지
물결 고요한 밤엔 별이 내려와 흐르고
거기 날렵한 초승달 노 저어 건너는

마을의 사내가 말했지, 마을의 소녀가 들었지
철새들 날아가고 거기 물가 고요해진 뒤
내 마음 강물처럼 끝없이 흘러가니
내일 아침에도 지금의 내가 이 강가에 서 있겠느냐고, 어
느날

앞산에 복사꽃 한 아기가 오고
실개천 싸리꽃 한 노인이 가고
저길 봐, 온 산에 꽃이야 저길 봐, 온 강에
불이야

어느 날 어부가 말했지, 웬 낯선 사람들이 와서 묻더라고
"물 건너는 나루가 어디 있소", 그는 이렇게 대답했다지
"저 물이 어디서 와서 또 어디로 가는지
여길 떠나는 나루가 어디 있는지 나는 모른다오"

어느 날 한 여인이 말했지, 산바람이 나뭇잎 흔들고 있다
고
그의 어린 아들이 말했지 아니, 강물의 노래에 춤을 추는
거라고
무성한 숲 언덕에 새들이 새 둥지를 틀고
햇살 바람 강둑길 걸어가는 저 소년 농부들

앞산에 복사꽃 한 아기가 오고
실개천 싸리꽃 한 노인이 가고
저길 봐, 온 산에 꽃이야 저길 봐, 온 강에
불이야

2022.06

"물 건너는 나루가 어디 있소?"라고 묻는 건 물론 공자(孔子) 일행이다. 천하를 떠돌며 자기 생각을 펼치게 해 줄 제왕을 찾아 유랑 중이던 그와 그 일행이 밭일하던 농부 장저(長沮)와 걸닉(桀溺)에게 물은 말이다. 두 사람은, 나루는 가르쳐주지 않고 훌륭한 교훈을 한 마디 던지나 공자는 둘을 멸시하고 떠난다. 이른바, 논어의 자로(子路) 문진(聞津) 이야기다. 또, 이른바 현자와 은자 이야기. 물론 공자가 현자(賢者)고 장저 등이 은자(隱者)라는, 양쪽에 다 우호적인 입장의 후세 사람들.

난 솔미에 있으면서 이 일화 부근에서 내 이야기를 풀고 싶었다. 내 어쭙잖은 사회 비판, 문명 비판에 어떤 몽상으로나마 대안도 있어야 할 것 아닌가.

이 은둔하는 자들의 정치 사상적 배경이나 입장은 두루 알려진 대로 현실 정치를 혐오하고 노장사상이나 도가(道家)를 따르는 자들일 것이고 하니, 그걸 한쪽에 깔고 <시경>의 그 아름다운 물가 풍경 이야기들을 그 곁에 두고, 헬레나 호지의 <오래된 미래>, 헨리 데이비드 소로의 <월든>, 스콧 니어링의 삶과 이야기 등을 또 한쪽에 깔고, 거기에 이반 일리치… 지독한 내 반(反)산업주의와 멀리 유소년기의 어렴풋한 풍광 기억들을 더듬으며 내가 생각하는 이상향에 관한 이야기를 풀어내고 싶었다. 그 지리적 배경은 산속 오지의 강변 마을. 세상으로 왕래할 다리도 나루도 없는 고립 자생의 소공동체. 화폐도, 은행도, 이자 제도도 없는, 아무리 능력이 뛰어난 자라도 더 많이 보상하지 않는 원시 공산 사회, <가비오따스>처럼 밀림을 개척하고 경제를 확장하는 또한 욕망의 공동체가 아니라 필수 소비와 약간의 문화 소비만 가능한 저(低)생산 사회… 그 사회를 이제 머릿속이 아니라 글로 구체화하고 싶었다. 그것이 "어느 강변 마을 이야기"였다. 그 마을 사람들의 생활 양식과 언어들을 구체적이거나 은유적으로 풀어내고 싶었다.

<붓글>로 써 나갔다.
그 글들을 한동안 비실명의 내 블로그에 연재하고, 그것들이 잔뜩 쌓이게 되었고, 또 한동안 밀쳐두었다가 다시 보게 되었다. 대안의, 꿈 같은 소공동체에 관한 이야기들, 상상력이 참으로 빈곤하고 어설프고 어수선하기만 하지마는 여태 버리지 않고 때로 들여다보며 그 안에서 다시 상상한다. 또 다른 세계…
다시, 가다듬고 붓글로 쓴다.
그 세계를 어떻게든 멋지게 형상화해 보겠다, 하며 노래 만들던 참에 그 이야기들로도 노래 하나 만들게 되었다. 이 노래.

소나기 거리에서

투명 비닐우산 너머로
어두운 구름, 소나기 쏟아지고
모든 것이 땅에 내려와
멈춰 있거나 서성거리고 있구나
누가 안녕, 하고 떠난 것만 같애
빗소리가 그 말들을 지우려고
후드득, 후드득
아주 오래 내리려나 봐

맑은 유리 건물 너머로
어두운 구름, 소나기 지나가고
누가 네 이름을 부르면
얼른 돌아봐야 할 거야

누가 안녕, 하고 다가올 것만 같애
하지만 소나기 그치지 않고
후드득, 후드득

아주 오래 내리려나 봐

투명 비닐우산 너머로
맑은 햇살 파란 하늘이 보이니
구름이 다시 산을 만들고
이리저리 흩어지고 있니

누가 안녕, 하고 나타날 것만 같애
하지만 소나기 그치지 않고
후드득, 후드득
여전히 내리고 있잖아

아니
투명 비닐우산 너머로
맑고 파란 하늘이 이제 보일 거야
누가 네 이름을 부르면
우산을 접고 달려가야 할 거야

2022.07

내가 이사 온 마포는 그 전에 오래 살던 송파보다 젊다. 주민 구성이야 구도시 강북 쪽이 더 연로할 것이나, 마포의 풍경이 그렇다. 젊은이들이 많고 외국인들, 관광객들이 많고. 딸은, 생동감이 있다고 한다. 어딘가 여행 온 것 같은 낯섦과 그 설렘이 있다는 것이다. 사실, 나이 든 중산층 아파트촌의 그 지리멸렬함에 도망치고 싶어 해서 함께 이리로 왔으니…
나도 그 지리멸렬 속의 과묵한 초로, 무력해 보이는 노인들의 마을로부터 나와는 아무것도 소통할 수 없고 공유할 것 없는 젊은 세대들, 외국인들의 거리… 여행지로 옮겨온 것이다. 그들의 여행 기념품 장사나 해야 하지 않을까, 하는 생각도 들 만큼의 이질감. 하지만 그들을 경원시하지 않는다. 경쾌하지 않은가. 그리고 이젠 그들의 세상 아닌가…
얼핏 내가 아닌 그들의 감성으로도 곡을 만들게 되었다.(고 생각한다) 정작 그들이 어떻게 느낄지는 모르겠지만…

그래, 다시 송파로 돌아가야 한다.

양치기들의 노래

(한시 한 편 들려드릴게요)
누가 네게 양이 없다 했나 오, 삼백 마리
누가 네게 소가 없다 했나 오, 구십 마리
양 떼들이 돌아오려 하네
그 뿔들을 얌전히 흔들며
소 떼들이 돌아오려 하네
그 윤기 나는 귀들을 털며

어떤 양은 벌써 언덕을 내려가고, 어떤 소는 웅덩이 물을
먹고
또 어떤 놈은 아직 잠을 자고, 어떤 놈은 이제 일어났네

양치기들이 돌아오려 하네
도롱이 삿갓을 어깨에 걸치고
누구는 또 도시락통을 등에 지고
아이들이 돌아오려 하네
가지가지 고운 털빛

그대 제사에 쓸만하군
(여기까지, 시경 소아 편의 무양이라는 시의 일부랍니다)

(이제 내 얘기 조금 덧붙여서)
누가 내게 꿈이 없다 했나,
나는 오래된 이야기를 기억하지
복사꽃 언덕, 노래 부르는 소년 소녀들의 이야기를

아이들이 돌아오고 있네
한 아이는 피리를 불고
누구는 또 소 등에 타고
마을로,
집으로 돌아오고 있네

언덕 아래로 노을 바람이 불고
어머니들이 아이들 부르는 소리

2022.06

시경(詩經)의 소아(小雅) 편에 나오는 무양(無羊)이라는 시에 내가 약간
의 변주와 살을 붙인 노래다.

산수화 한 폭 걸어두고

소나무 아래 동자에게 물었더니
선생은 약초 캐러 나가셨다고 하네
이 산 중에 계시기는 하겠지만
구름 깊어 어디 계시는지는 모른다네

담장 없는 마당 가에 검은 염소 한 마리 풀을 뜯고
올망졸망 어린 강아지들 그 옆에서 깊이 자고 있네
시냇물 소리 졸졸졸 한가하고
파란 붓꽃들이 오, 지천이라

아하, 천 년이 지났단 말이냐
수풀 냄새 골짜기 고요하고
동자는 물끄러미 나를 쳐다보고
나는 뒷짐 지고 그 앞에 서 있다네

구름이 흘러가고 거기 소슬바람이 불어오고

아이는 쌀 씻으러 냇가로 내려가고
아직 마당 가에 서 있는 것이 바로 너냐
오래된 그림이 액자 속에서 묻는다네

아니, 천년이 이리 쉽게 오고 가느냐
눈 감으면 거기 시간도 없고
돌아서면 그 아이도 없고
그 골짜기 있었더냐, 없었더냐

멀리서 왔다고, 잠시 기다려도 되겠냐고
아무것도 묻지 않고 풀잎 지붕 아래 앉았다네
바깥 거리의 소음들이 잦아들고
나는 슬머시 그림 속으로 들어갔다네

액자의 그 얇은 유리도 사라지고
낡은 액자도 시간 속으로 사라졌다네

2022.06

"소나무 아래 동자에게 물었더니…"는 <고문진보(古文眞寶)>에 나오는 가도(賈島)의 방도자불우(訪道者不遇/ 도사를 만나러 갔으나 만나지 못함)라는 한시 한 구절이다. 다른 데선 '송하문동'이라고 하기도 한다.

松下問童子 (송하문동자/ 소나무 아래 동자에게 물었더니)
言師採藥去 (언사채약거/ 선생은 약초 캐러 나가셨다 하네)
只在此山中 (지재차산중/ 이 산속에 계시기는 하겠지만)
雲深不知處 (운심부지처/ 구름 깊어 어디 계신 지 모른다네)

이 절대의 한적이라니…
거기에, 우리가 흔히 만나는 통속적(?)인 산수화를 겹쳐놓고 노래를 만들었다. 거창 산골 마을 어느 여관의 쓸쓸한 현관에 걸려있던 커다란 유리 액자, 그 속의 동양화. 그때 찍은 사진을 보며 그 안으로 들어가 다시 풍경을 바꿔 그린다. 그 속으로 나를 들이밀어 넣고 그 안에서 내가 두리번거린다… 내 노래 작업은 이런 식이다. 이런 상상들이 내 유토피아 환상의 한 조각 그림이 돼 주는 것이고, 저급한 필력으로나마 그 그리움 가득한 리얼리티를 만들어 내고 싶은 것이다.

푸른 밤, 폭염 일기

붉은 노을 뒤에 오는 건 무얼까
마지막 구름 조각까지 다 타버리고 나면
서둘러 지나가는 사람들에게
안녕, 하는 인사라도 해야겠지

뜨거웠던 말들이 오래 남아
네온사인으로 여기저기 떠돌면 안 돼
흐린 달빛 푸른 별이 뜨기 전에
폭염의 하루도 끝내야 하지 않겠어

노을 뒤엔 결코 어둠이 아니라고
저기 짙푸른 캔버스 하늘을 봐
세상의 그 모든 회한들이
저렇게 온 하늘을 덮고 있잖아
붉은 노을 뒤에 오는 건 무얼까
동네 산의 나무들 걸어 내려오고
사람들이 그 빈 숲으로 깃들기를, 그럼

안녕,
하는 인사라도 해야겠지

하루 종일 이글거리던 아스팔트 식지 않고
편의점 알바들이 서둘러 교대하고 아니,
그들 다시 또 다른 곳으로 가서
교대하고
졸린 눈으로 새벽을 열어제낄까

노을 뒤엔 결코 어둠이 아니라고
저기 짙푸른 캔버스 하늘을 봐
세상의 모든 갈망들이
짙푸르게 흘러내리고 있잖아

2022.07

연남동 옥상의 칠월 맑은 날 하늘, 어쩌다 서편에 저녁노을이라도 번지
면 그 그림 대단하다. 특히나 장마 중에 반짝 갠 날 옥상에서 바라보는 강
화 쪽 하늘의 노을은 그야말로 장관이요, '황홀'이다. 그 뒤 먼 거리엔 서
서히 불빛들이 살아나고, 가까이 네온과 형광 간판들과 자동차 불빛들이
켜지고, 가까이 사람들 바쁘게 걸어가고.
서쪽 하늘 거대한 빛깔 퍼포먼스 막을 내리고, 마지막 여명으로 잠시 짙
푸르게 남았다 숨어버리는… 하늘의 저녁…

2050년, 어쩌면 그날

능선들마다 바위를 품고서 어디를 가다가 멈추었나
새벽 구름에 보현봉 세수하고 남산 타워 아침노을 눈부
셔라
인왕산에 또 바위를 떨구고 안산에서 잠시 쉬는구나
누구는 멀리서 바라보고, 누구는 그 산을
오르리라
아침이 이렇게 또 오는구나
아직은 그날이 아니기를

성미산 언덕에 사람들의 거처
우거진 숲처럼 고요하고, 이제
강물 바라보는 창문들마다 아침 등불을 켜는구나
바다는 더 뜨거워지고 만조 갯벌 새우 떼 사라지고
누구는 아침 식사 준비를 하고,
채소밭에 나비 오지 않는구나
내가 어제 또 하루를 살았구나
아직은 그날이 아니기를

이제, 세계는
용서할 수 없는 것들의 목록으로 가득하고 내 안엔
되돌릴 수 없는 후회들로 가득하다
지친 낙타는 길 없는 사막에서 쓰러지고 교활한 AI들은
길 위에서 쓰러진다
모든 규범과 공리들이 무너지고 다시는 어떤
법전도 만들지 못하리라
모든 기도와 눈물 거부당하고 마지막 남은 씨앗들이
숨을 거두리라
아무도 모르는 이 없었단다, 그러니
오늘이 바로 그날이 아니기를

모든 미사일의 표적들도 지워지고 온라인 마켓들도
폐허가 되리라
누군가 샴페인 병 굴러 떨어뜨리고 마지막
마스크를 얼굴에 붙이리라
그 아침이 이렇게 오는구나 아니,
오래전부터 오고 있었구나

2022.07

옥상에서 보는 동북 방향 보현봉은 날씨에 따라 멀어졌다 가까워졌다 한다. 동남쪽 남산 타워도 마찬가지. 서쪽. 한강 하구와 김포 들판이 펼쳐지는 풍경과 강화 너머 서해 바다, 인간의 건축 업적과 지구가 둥근 관계로 볼 수는 없다.

바다. 김포에서든 어디에서는 출발해서 평택까지 내려가더라도 정작 섬이 아닌 육지에서 서해를 만날 수 있는 곳은 많지 않다. 그러나, 운이 좋으면 어느 저녁나절 어느 바닷가에서 얕은 해안선으로 맑게 밀려 들어오는 밀물과 그들보다 먼저 도착해서 발밑에서 파닥거리는 투명한 새우 떼의 작은 해변을 만날 수도 있으리라.

"용서할 수 없는 것들…", "모든 규범과 공리들…"
오민석의 글에서 온 거 아닌가?
오민석 교수, 시인, 평론가… 이젠 은퇴했으니 명예 교수… 그이가 날 "형님"이라 부르니 때로 존칭을 생략해도 될까. 그이의 빛나는 글들이 내게 이리 많이 스며들어 왔다. 문명에 관한 그의 위기감이 곧 나의 그것과 다르지 않으니 그의 이야기, 나의 이야기 서로 겹쳐 풀어내도 그리 욕되지 않으리라.

칠월 나비

팔랑팔랑 나비가 날아와
거기 꽃 피었는 줄 알았네
하얀 나비 청보라 달개비
서로 모르는 듯 아는 듯
잠시 앉았다 가더라도
인연일랑은 두지 마라
햇살은 손에 잡을 수 없고
향기는 바람이 가져간다
팔랑팔랑 나비가 날아가
저 벚나무 키 큰 줄 알았네

팔랑팔랑 나비가 날아와
거기 꽃 피었는 줄 알았네
노랑나비 파랑 로벨리아
서로 모르는 듯 아는 듯
잠시 앉았다 가더라도

인연일랑은 두지 마라
애기 고양이 다녀가고
한여름 이렇게 지나간다
팔랑팔랑 나비가 날아가
푸른 하늘 깊은 줄 알았네

2022.08

나도 때론 메이저 곡(장조곡)을 쓰기도 한다. 메이저라고 다 그런 것은
아니지만 그 명랑함이, 때때로 내게도 온다. 나도 맑아진다. 그 안에서만
살 수는 없을까…

* 이 이후의 가사들은 곡 작업이 아직 확정적이 아니거나 만들다가 멜로
디 라인이 가물가물해지거나 한 미완의 곡 가사들이다. 언젠가 멜로디가
완성되어 노래가 될 것이다. 나도 그날을 기다리며 함께 올린다. 또, 근래
에 대략 정리한 것들은 따로 날짜도 적지 않는다.

어느 별 아이에게

상상하기도 어려운 캄캄한 저 하늘 끝에서
어느 날 별 하나가 반짝 푸른빛을 얻었을 거야
그 별들이 거기 모여 바다 같은 은하수가 되어
얼마나 오랜 시간을 그 하늘 흘러왔을까
바로 그 별에서 네가 태어나 기어다니고 뛰어다니고
바로 그 별에서 사랑하고, 사랑하고
노래할 텐데
그 별에도 이름이 있지
바로 지구, 너의
별

인적 없는 산길에 꽃이 피고 벌 나비 날아오고
밀물 갯벌 바닷가에 파도보다 새우 떼 먼저 오고
바로 그 별에서 네가 태어나 뛰어다니고, 햇살에 그을리
고
바로 그 별에서 사랑하고, 사랑하고
노래할 텐데

그 별에도 이름이 있었지
바로 지구, 너의
별

먼 나라의 새들이 꽃씨 물고 날아오고
북극에선 하얀 곰들이 얼음 산 아래 뒹굴고
바로 그 별에서 네가 태어나 뛰어다니고, 깊이 잠들고
바로 그 별에서 사랑하고, 사랑하고
노래할 텐데
그 별에도 이름이 있었지
바로 지구, 우리
별

2022.10

장자몽, 호접몽

꽃밭에는 꽃들이 가득하더라
나는 거기 훠얼 훠얼 날고
오, 바람도 향기롭더라
나는 앉았다가 다시 날고
그러다가 꿈을 깼더라
내가 나비더냐, 나비가
나이더냐
훠얼 훨…

시장에는 사람들이 가득하더라
희희낙락하고 고꾸라지고 뛰어다니더라
오, 햇살도 일그러지고
비명소리 가득하더라
그러다가 꿈을 깼더라
그게 나이더냐 아니면, 나비의
꿈이더냐
훠얼 훨…

온 세상이 그야말로 꽃밭이더라
꽃술마다 꿀에 취한 나비더라
오, 시간은 멈춰 있고
헛된 몽상도 모두 날아가고
그러다가 꿈을 깼더라
내가 나비더냐, 나비가
나이더냐
훠얼 훨…

2022.10

늙은 시인의 방화 일기

아직도 저리 검푸른 서북 하늘 끝으로
뜨겁게 타오르는 붉은 노을은 누구의
그리움인가요
가로등 불 들어오기 전, 늙은 화가의 느린 붓질처럼
기일게 타오르는 황적 화염은 누구의
노여움인가요

길 위의 저녁 고릴라들이 노을보다 붉은 눈동자로
해 지는 하늘을 향해 무겁게 액셀을 밟는구나
고개 숙여라,
지나간 낮은 태워버리리라
청록 신호등도 화염으로 삼켜 버리리라
오호, 강이 흐르고
오호, 그 위를 달린다

자동차 열린 선팅 유리창 안으로 후끈한 바람 밀어 넣는
먼 숲, 우울한 방화의 불놀이는 그 누구의

비명인가요
여기는 병든 문명의 게토, 파라오
대주주들의 영토
물결 찰랑대는 강변엔 거대한 시멘트 기둥들
집으로 돌아가라, 가서
잠들라
혁명도 사랑도 꿈꾸지 마라
오호, 강이 흐르고
오호, 강물 검붉게
물들고

모든 진보는 산업이 빨아들이고, 고릴라들이여 너희도
실패했구나
어둠 속으로 흩어지는 처연한 노을은 그 누구의
탄식인가요
대지는 얕은 언덕과 뽕나무밭을 불모의 도시에 내주고
어디서 야생의 씨앗들을 깊이
감추고 기다리고 있느냐
묻지 마라,
땅 위에 선과 악이 있느냐고
승리자들의 명패만 가득하지 않으냐고

오호, 무력한 짐승들
오호, 어둠이 몰려온다

2022.10

송파 시절, 올림픽 공원 부근의 대로에서 올림픽대교 쪽으로 차를 달리
며 만났던 불같은 하늘… 그때 내게 붙잡혔던 악상 메모가 오래 지나 이
노래가 되었다. 거꾸로 <님의 침묵> 같은 리듬감으로.

정말, 이런 일이 일어날까 봐 큰 걱정이다.

칼 가는 노인

칼 가는 노인이 양지녘에서 공부를 하네
뾰족한 펜촉은 아직 다 닳지 않고
옛 시인의 한시를 옮겨 적는다네
"만사에 오직 부지런하면 못 이룰 것이 없다"
추운 오후 햇살이 들여다보고 있다네

주식 시장은 날이면 날마다 요동을 치고
우크라이나의 뜨거운 포성은 멈추지 않고
선택할 수 없는 밥을 먹는 사람들
노인은 더러 지난 신문도 다시 훑어본다네

등기소에 아무것도 올리지 못한 사람들
명품 매장에 새벽 줄을 서는 사람들
산업재해와 고독사와 수많은 죽음들
수조 원 무기 수출 견적 올리는 차분한 기사들
"일근만사무난성(一勤萬事無難成)"이라, 한시 한 구절
동네 칼 가는 노인이 양지 쪽에서 공부를 하네

"일근만사무난성"
아주 오래전 어느 선비의 명시라고 하네
그들은 아직 살아서 이 세상에 있고
구김살 하나 없는 여기 21세기
햇살은 한곳에 오래 머물지 않고
노인은 한 쪽 다리를 끌고 또 옮겨 앉아야 한다네

오후 거리에 굴러다니는 가로수 낙엽들처럼
노인이 절뚝거리며, 낡은 핸드 캐리어를 끌고
다시 햇살 쪽으로 자리를 옮긴다네
칼들부터 내려놓고 공부 공책도 그 곁에

칼 가는 노인이 퇴근하려 하네
모든 짐들 앉은 채로 캐리어에 싣고
아주 천천히 일어난다네, 캐리어를 단단히 붙잡고
캐리어가 발발발 떨린다네

송파 시절. 아파트 중심상가에 자주 <칼 가는 노인>이 진을 치고 앉아있
었다. 초라한. 그이는 한 쪽 다리를 잘 쓰지 못했고, 아프다고 했고, 늘 길
게 펴고 앉아 있었다. 양지 녘에서 그렇게 진을 치고 공책과 펜으로 한문
공부, 수학 공부(세 자릿수 곱하기 세 자릿수)만 하고 있었고, 누군가 칼
을 갈아달라고 맡기는 것을 본 적이 없다. 그의 진을 방문하는 객을 한 번
도 본 적이 없다.
사진을 찍어도 된다고 했다. 그이 아직 살아계실까… 내가 내 칼을 갈 때,
때로 그이가 생각난다.

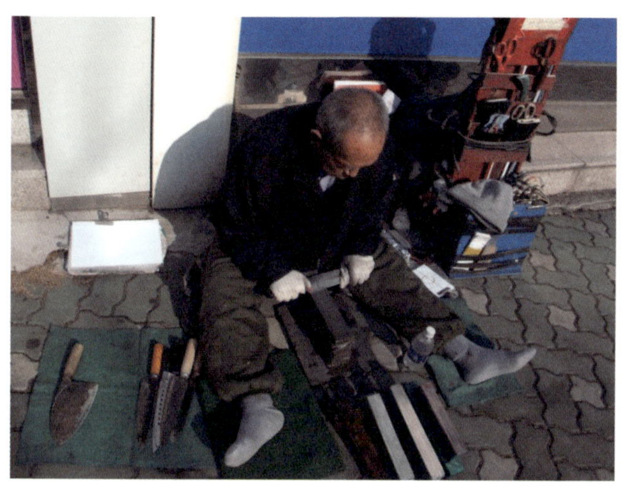

멀고 먼 나라의 이야기

어제는 성내에 갔다가
돌아오는 길에 눈물만 흘렸지
비단을 휘감고 있는 사람들
누에 치는 사람들 아니었지

어제는 시내에 나갔다가
돌아오는 길에 가슴만 답답했지
눈보라 담벼락 아래 웅크린 사람들
모두 내가 모르는 이들 아니었지

누에 치는 아낙이 말했지 아니,
한 시인이 받아 적었을까
아주 오래된 이야기
멀고 먼 나라의 이야기

어제는 성내에 갔다가
돌아오는 길에 눈물만 흘렸지

비단을 휘감고 있는 사람들
누에 치는 사람들 아니었지

昨日到城郭 (작일도성곽/ 어제는 성내에 갔다가)

歸來淚滿巾 (귀래누만건/ 돌아오며 눈물 흠뻑 흘렸지)

遍身綺羅者 (편신기라자/ 온몸에 비단을 감고 있는 사람들)

不是養蠶人 (불시양잠인/ 누에 치는 사람들 아니었지)

1절, 4절 <고문진보>에 실린 <잠부>(蠶婦/ 누에 치는 아낙)라는 작자 미
상의 시이다.

노래방

노래방에 가면 나를 불러주세요
내가 먼저 마이크를 잡겠습니다
고상한 척 했나요, 근엄한 척 했나요
평소의 나는 잊어주세요
트롯트에 차차차 아무거나 좋아요
탬버린만 신나게 쳐 주세요
다음 손님 얼른 준비해 주세요
매너도 짱이죠
오늘 내게 열 곡만 보장해 주세요
노래방이 너무 좋아요

노래방에 가면 나를 불러주세요
내가 먼저 마이크를 잡아도 될까요
수줍어했나요, 요조숙녀라구요
평소의 나는 잊어주세요
디스코에 발라드 무엇이든 좋아요

볼륨만 최대로 올려주세요
다음 손님 준비가 아직 안 되셨다면
내 노래 하나 더
그저 오늘 목 풀고 마음 풀고 갈래요
노래방이 너무 좋아요

2022.06

정말, 오랜만에 노래방엘 갔다. 좋았다. 난 주로 샤우트하는(지르는!!) 남의 노래를 부른다. (내 노래는 노래방에서 불러 본 적 없다) 얼마나 시원시원한가. 정말 스트레스 확 풀리는 것 같다. 내가 꽤 많이 마이크를 잡는 줄 다 안다.(부른 노래 또 부른다. 레퍼토리가 몇 안 되니까) 그리고, 생각한다. 노래방에서 노래방답게 부르는 노래를 만들어야겠어. 손뼉도 치고, 탬버린도 두들기면서, 쫌 키치하게, 신나게 신나게…
다음날 바로 곡을 쓰고… 멜로디가 맘에 안 들어… 다시 만들어야지… 하면서 묵혀 둔… 새 노래다.

이반 일리치

그는 급진적인 사상가로 유명했으나
사후에 바로 잊혀졌다
보수주의자들은 그를 맹렬히 비난하거나 또는,
차갑게 백안시했다
이상주의자, 급진주의자, 몽상가… 그러나
그는 평생 이 세계를 공격했다

그는 학교는 물론, 병원을 포함해서
현대 문명을 모두 혐오했다
고통스러운 안면의 고질병도 20여 년을
끝내 안고 갔다
이상주의자, 급진주의자, 몽상가… 그러나
그는 평생 이 세계를 비판했다

이 캄캄한 산업의 감옥에서 문을 열고 뛰쳐나가라고
행복은 저기 자전거를 타고 온다고

현대인은 모두 문자와 미디어의
산물이라고 말했다
가장 풍요로운 시대에 가장
무력하게 살고 있다고 말했다
사회주의자, 아나키스트, 생태주의자로
그는 평생 이 문명을 공격했다

1926년, 그는 오스트리아 빈에서 태어나서
2002년, 독일의 브레멘에서 죽었다
세계 여러 곳으로 전전하며
공부하고 생각하고 실천했다
꿈꾸는 세계인, 순박한 자연주의자, 뜨거운 인간애로
그는 평생 이 문명을 비판했다

이 캄캄한 테크놀로지의 감옥에서 문을 열고 뛰쳐나가라
고
행복은 저기 자전거를 타고 온다고

이 캄캄한 산업의 감옥에서 문을 열고 뛰쳐나가라고
행복은 저기 자전거를 타고 온다고

2022.04

김규항이 내게 "형님하고 똑같은 사람이 있어요"라며 소개해 준 이들이
두 사람인데, 유나바머라 불렸던 시어도어 카진스키와 이반 일리치이다.
나는 물론 폭탄을 제조하지도 않고 아프면 병원엘 간다. 그건 다르다.
산업 문명을 혐오했던 저 두 사람은 이제 여기 없다. SNS에서도 볼 수 없
고 바람결에서도 그들의 이름이 다시 들리지 않을 것이다. 그러나, 저 두
사람이 주고 간, 이 문명에 관한 선예한 비판의 안목과 새로운 상상력을
접한 적지 않은 이들이 아직 살아 있다. 두 눈 시퍼렇게.

IVAN ILLICH 1926-2002

시마(詩魔)에 붙잡힌다는 말. 나는 안다.

노래, 붓글, 시⋯ 무언가를 만들기 시작하면 일상에서 다가오는 시상이나 영감들을 놓치지 않기 위해 집요해지거나 그것들에 각각의 특별한 의미(문학적?)를 부여하며 집요하게 가다듬는다.

노래를 주로 만들 때는 노래 형식으로 붙잡으려 하고, 붓글을 쓸 때는 더 축약을 하면서 종이 위의 평면 구성과 필체까지 고민하고, 시를 쓸 때는 행간을 어떻게 나눌 것인지에 대해서까지 생각하면서 그 각각의 형식에 빠져서 내게 들어오는 새로운 상념들에 집중하게 된다. '무엇이라도 꼬투리만 잡혀 봐라' 또는, 낚시하듯이 지나가는 생각들 속의 상징과 이미지와 정황을 낚아채려 신경이 곤두서 있다. 그래, 그게 시마지.

노래 만들 때는 붓글, 시 쓰기 못 한다. 시 쓸 때는 노래도 붓글도 쓰지 못한다. 어느 한 가지, 그것들의 패턴에 빠져 있다가 그 리듬감이 끊어지고 다른 곳으로 옮겨가게 되면 또, 그것에 붙잡히고 그것에 매달린다.

여기까지 노래 만들다가
중단됐다.

제 3 부

노래 편곡이 진행되고, 반주와 노래 녹음을 하면서 노래 창작 리듬은 끊기고 블로그에 〈붓글〉들만 올리게 되었다. 한편, 제대로 "시"를 써 보겠다고 우쭐거리기도 하다가 다 지워버렸다. 어쩌면 다시 '창작 집중이 없는' 일상으로 돌아온 것인지도 모르지만 일말의 후속 음악 작업 가능성도 완전히 털어버리지는 않았다. 앨범 작업이 거의 끝나고 발표 시기만 기다리면서 또, 두런두런 써 내려간 일상의 글들, 그간 썼던 붓글들을 시로 재구성해서 책의 마무리 삼아 3부에 싣는다. 대개, 2023년 경의 얘기들이다.

책

오랫동안 책만
본다

내 방에 손님들이
와
계신다

……

조용들
하시다

과외선생

내게도
과외 선생이 필요해

고요해지는 법

자기 시대의 문명 혐오 안 하는 법
분노 안 하는 법
자기 윤리관으로 인류의
진화 윤리를 매도하지 않는 법

투항하지 않고서도 우울하지
않는 법
아주 떠나지 않고도 절대 타자가
되는
법

육신과 함께 자유로울 수 있는

방법

이
태양계 안에서,

변두리
문명권의 더
먼
외곽에서

봄, 작약

나이 들어 꽃 사진 어디 올리지 말라고, 그렇게나 들었건
만 자꾸
카메라 들이대고
숨을 멈춘다

화단에
내가 피운 꽃들… 천만에,

제
뿌리, 줄기, 잎새가 밀어 올린
성취

우주에 발신하는 지구의
안부 신호
아직은 괜찮다고,
괜찮다고

아직은, 이토록
화려하게…

우리 집 옥상엔 텃밭과 화단이 있다. 거기 밭에 작물 심고, 화단 가꾸고
하면서 해마다 봄철을 보낸다. 가끔은 내 체력을 꽤 버겁게 써야 할 만큼
의, 정도의 규모다. 벌써 여러 해가 되었고 아침마다 옥상엘 올라간다. 주
위에 높은 건물이 별로 없어 시야도 시원하다. 문제는, 옥상 시멘트 위에
흙을 부어 만든 밭이고 화단이다 보니 토심이 얕아서 비가 며칠만 안 오
면 곤란해진다. 그러니, 수도 요금이 많이 나올밖에. 처음엔 수도국에서
이 댁에 누수가 있는 모양이라고 점검해 보라는 경고 스티커까지 현관
앞에 붙여놓고 갔었다.
거기 옥상에 봄, 여름, 가을… 꽃이 핀다. 아직은 괜찮다고…

밭의 상추, 쪽파, 무 포기들. 2023년 가을은 거저 농사지었다. 비가 얼마
나 적당히 내려주시던지… 수돗물값 안 들었다.

근조, 유나바머

카진스키가 떠났다
시스템을 끄고 나갔다

잡스는 생전에 그의
〈선언문〉을 읽었을까

여기 남은
시스템은
튼!
튼하다

아, 유나바머도 가는구나. 일리치도 가고…
나는
언제 갈까…

문명에서
사라질까

칼 가라요오

"칼 가라요오
가위 가라요오"

나도 주방에서 내 칼들을 갈면서 혼잣말로 카알!
가라요오, 아슬아슬하게 가라요오, 베인 적도 있어요 내
가
내 칼! 에

칼을 모은 적도 있었다. 그 공예 조형이 주는 아름다움과 칼날이 주는 긴장미. 주로 손안에 들어오는 주머니칼들. 무기가 아닌 도구의 칼들. 국내외의 중고 칼들. 그러다 보니 주머니칼 외에 주방 칼, 등산용 칼 등 잡다한 것들도 적지 않다.

그런데, 아쉽게도 국내엔 오래되고 좋은 도구 칼들이 귀하다. 옛날 머슴의 작업용 칼들 정도. 일찍이 금속 공업이 발전하지도 않았거니와 칼에 대한 터부도 있다. 칼을 누구에게 그냥 줘도 안 된다. 100원이라도 돈을 받고 팔아야 한다. 인연이 끊길까 봐 그러는 거 같다고 한다. 가까이하면 안 될 물건 정도로 취급한다.

그러나, 오래전 더러 해외에 나가면 (생략해야 하지 않을까, 사람들이 칼 얘기 지루해할 테니까… 그래도 내친김에…) 영국엔 셰필드라는 도시에서 좋은 칼들을 많이 생산했는데, 매뉴팩처 시대로부터 금속 공업이… (생략하자…) 또, 일본은 가히 "칼의 나라"라고 해도 좋을 만큼의 칼 문화(!)가 있다. (이 부분도 생략하자… 아쉽다)

주위에 칼 모으는 사람이 없어 서로 자랑질하고 교환할 기회도 없던 터에 언젠가 인사동에 본격적인 칼 '집'이 생겼다는 거였다. 가보니, 완전 무기류. 합법적으로 어떻게 수입했는지 모를 서양의 번쩍거리는 도검류였다. 나와버렸다. 그 살기 품은 칼날들, 무한한 남성성, 목전에서 목숨을 위협하는 폭력적 권위에 질겁을 하고… (또 생략…)

내가 칼을 고르는 세부 기준은 이렇다. 칼날이 흔들거리거나 변형되지 않아 보존성이 좋은 옛것, 누군가가 오래 가지고 있으면서 무언가에 요긴하게 사용하고 또 갈고 닦은 물건, 칼날은 선철에 손잡이는 동이나 동물 뼈 또는 나무 같은 자연 재료로 만든 것, 날을 세우면 종이도 살살 벨 수 있을 정도로 애초의 기능성을 잃지 않은, 공예적 조형성이 좋은 것 등이다.

칼이 내게 오면 예리하게 벼려진다. 돌 숫돌, 다이아몬드 숫돌, 스텐 칼갈이 등 숫돌도 많다. 거기 정성스레 갈아 그 칼로 왼손 엄지손톱 위를 가볍게 긁어본다. 종이까지 베어보지 않아도 잘 갈렸는지 쓸만한지 가늠할 수 있다.

안다. 사람들은 이런 내 얘기에 퍽 지루해한다. 하지만 난 칼의 미학에 관해 장광설 하기를 좋아하… (생략)

잘 갈린 그 칼들을 서랍에 넣어 놓고… 마음 든든하다. 든든해 했다. 그렇게 오래 서랍에서 잠자고 있는 나의 칼들… 쓸 일 많지 않아 미안할 따름이다.

이젠 칼을 만들기도 하고… 쩝.

옥상 농부

블루베리가 말이야,
애호박이 말이야

옥상 농부 봄 여름 내내
농사 얘기만 한다

쪼끔, 과장해서 애호박이
팔뚝만하게 매달렸거던
상추는
김장 배추만 하고 말이야
푸른 고추 감당 불능이고, 방울토마토
가지가
찢어져어
뿐인가, 그 진보랏빛
가지는…

봄 퇴비를 너무 많이 주었나?

옥상 뙈기밭에 100Kg을 부었쟈나…
작년에 하도 부실하다 해서

꽃밭에도 주었다
백합꽃도 무지 크고 접시꽃 꽃대가
2m를 넘었다

나 혼자만 분주한
옥상 농사,
꽃밭 가꾸기
지나가는 행인도 없고

거기 언제나 꽃이
피어 있다

칸나, 그 붉은

붉은 칸나가
한여름 꽃밭의 완성이라고, 늘
말해 왔는데
봄에 사다 심은 구근들 중 하나에서 노랑
꽃대가 먼저 올라왔다
허얼…

칠월 장맛비
오다 말다

이 여름, 붉은
칸나
기다린다

여름 옥상

칠월 장마 끄트머리
보슬비 옥상 텃밭
잠자리 떼 날아들고
붉은 고추 익어간다

안산 중턱에 옅은 구름 걸리시고
그 너머 보현봉은 보이지 않는다
문득,
고요한
내 생의 한
철

내 집에서 동북으로 멀리 보이는 북한산 봉우리 보현봉. 누가 와서 '저건 문필봉이네요' 했다. 여기 와서 많은 글을 썼다. 주로 붓글. 10년여 만에 새 노래들도 많이 만들고… 문필봉의 음덕일까. "보현"이라는 호를 하나 더 쓸까. 그 보현봉과 내 이마 사이에 안산도 있다.

밖에선, 장마 지난 뒤 도로의 하수 관로 대대적으로 공사하고 보도블록 새로 깔고 (동네의 보도는 경사면들이 너무 많아서 걷기에 아주 불편하다. 약간은 절뚝거리며… 그런 것까지 완벽하게 해결하지는 않은 것 같다) 오늘은 거대한 특수차로 아스팔트 깎아내고, 새로 깔고 있다. 좁은 길 소음과 먼지가 가득한데 난 그걸 쫓아다니며 구경한다. 어쨌든,

고요히 지나가고 있지 않은가, 내 생의
한 철

발바닥, 혁명

오늘은 몸이 무겁구나,
오늘은 몸이 가볍구나,
계단 내려가는 발바닥이
말한다

세상도 이와 같아
저 바닥의 아랫것들로 인해 버티거늘

그 위의
발목, 정강이, 무릎, 허리…
머리 아래 있다는 죄로
평생
그것에 봉사하나

사람,
제 머리에 거역 못 하듯 세상 또한,
유사

이래
혁명을
이룬 적이 없다

오늘은 몸이 무겁구나,
오늘은 몸이 가볍구나,
계단 내려가는
발목이, 솔직히
말한다

쥬라기 영화

쥬라기 영화 몇 편을 봤더니
내 몸에서 공룡
소리가 난다

**꾸르르워으어엉,
풋슈우…**

아주
먼 옛날로 돌아가고 싶은가
보다
쩌어어기, 태초

문명
이전

어린 가족

플라스틱 화분, 북향받이, 건너편 4층 연립, 청소들 하는
아침, 구름
하늘

. . .

어린
가족의
가난한 발코니

나팔꽃 두 줄기
힘겹게
올라가는
늦장마
뒤 끝

북쪽 창에도 해
좀
떠라

배롱나무가, 세에상에

초봄에 서둘러 6만 원인가 하는 배롱나무 묘목을 온라인
으로 주문했지요. 올 여름엔 빨간 꽃 좀 보자고, 칸나 말
고도 빨간 꽃을 보자고. 기이다란 박스에 묘목이 배달됩
디다. 뿌리 조금 있고 잔가지도 없는 기인 막대기 하나,
심었지요. 거름도 좀 주고. 그런데
봄 깊어 가고 한 달이 가도록 이파리가 나오질 않는 거에
요, 다른 풀들 다 쑥쑥 올라오는데. 그래 판매자에게 전
화했지요. 왜 싹이 안 나오느냐고, 버럭 화를 내더라구요.
배롱나무가 벌써 잎이 나오면 어떡하내요, 장마 때나 돼
서 나올 수도 있다고. 세에상에.. 대꾸도 못했지요. 기다
렸지요.
화단이 완전 자리 잡으니 그 막대기 끝에서 잎사귀 두 개
쏘옥 나옵디다, 세에상에⋯ 기다렸지요,
말라버립디다.
근데 뿌리에서 올라오는 여러 줄기들을 못 봤던 거예요,
다른 화초 줄기들인 줄만 알고⋯ 마음이
복잡해지고, 기다렸지요,

여러 줄기가 사방으로 뻗치며 잎을 내더라구요. 어쨌든..
올해 배롱꽃 보기는 다 틀렸네, 그렇게 여름이 갔답니다,
여름꽃, 의 여름…그러더니
가을 오자
두어 줄기 끝에 빠알간 똥고래미 열매 같은 것이 매달리
는 거예요, 세에상에… 꽃도 안 피우고 열매 맺는게 어딧
서, 웃기네, 하며 며칠 지났는데 글쎄…
또 세에상에… 그 열매 같은 것에서 쪼오꼬만 꽃이 피어
나는 거예요, 빠알갛게, 딱 두 송이
배롱나무 꽃이요…
하아..

이게 올 〈배롱나무 사건〉의 전말이랍니다,
두 송이가
피었어요!
세에상에…

미안하지요

반짝반짝, 집안 곳곳의 스텐 방울
〈바다〉가 발로 톡톡 치고 나도
발로 톡톡 차고
마룻바닥에
땡그랑,
땡그르랑

방울한테 미안하지요

어제는, 앞서간 〈먼지〉 분골
49일째에, 딸과 함께
화단에 묻고, 향 피우고
먼지한테 미안하지요
10년 넘게
친해지지도 못하고…

우리 집 고양이들

가을꽃

그 종말 처참하다
그리고,

씨를 맺는구나
하늘
파아란 날 두 손 모아
말리는구나

어떤 씨주머니는 꽃
보다도 화려하단다

다시 꽃 피울 거라고 누구에게도 다짐하지 않고
겨울에
얼지 않을 만큼
말린단다

다른 꽃풀들이 쳐다보는

동안
의 가을

모오든 꽃들
지고 있는
중

씨
말리는
중

엉덩이

골목길 가에 버려진 낡은 철제 의자
오래, 사람 엉덩이를 기다리고 있다
하루이틀도 아니고

도시는 더 많은 쓰레기를 연일
토해내고 혹,
누군가 인적 드물 때, 그 의자
자기 물건처럼 슬쩍
들고 갈지도 모른다, 그리곤
거기
가난한 엉덩이를
비비적거릴지도
모른다
쓰레기를 치우는
사람들

고마운
엉덩이들

가을비

가을 채소 모종 내자
사흘이 멀다고 내리는 비

조용히 내려도
도시의 범종 소리, 마악 차고지에서 나온 전동 열차 바퀴
소리
희미하게 다
지우고

꽃잎 반쯤 털어버린
새벽 칸나 큰 잎 위로
별 일없이 내리는
비

…

비 오는 날, 뭔 글을 자꾸
쓰려고 하세요, 비 얘기밖에 더 하겠어요

허어, 그렇군요…
너무
고마워서…

애비

한겨울
어두운 부엌 아궁이에
새벽 불을 넣던 애비의
마음
을

그때, 왜
몰랐을까

새벽 거실, 썰렁한 초겨울
애들 방
괜찮을까…
불이라도
넣고 싶다
보일러 리모컨
말고

서울

큰 권력, 큰돈 만지며
떵떵거리며 살아가는 자들
있고

겨우
주머니 속 꼬깃꼬깃한 거
로만 살아내는 자들
있고

안 보이는 데서 천국처럼 지내시는 분들
계시고 거리에 널린
발길에 차이는 수 없으신
루저들 계시고

이게 왈,
서울이지요
서울!

에구, 마이너스 통장은 또
뭐야…

전쟁도 아닌데, 애꿎은 밤하늘에 수천수만 발 화약 터뜨
리는
불꽃 축제는 또 뭐야
저렇게라도 버려야 재고도 줄이고 공장도
계속 돌아가지, 그 업계 계속 돈을 벌고, 젠장
전쟁만은 못하지만

'축제'라고 한강 일대에
백만이 모였단다(뻥일까), 화약 연기 가득한 가을밤 하늘
서울,

아름다워요, 아름다워요…

나의 뇌

108_
십 년 붓글씨 늘지
않고 칠십 잡념 줄지
않고

109_
버릴 붓이 어디
있나, 붓털 한둘 남아도 쓸모
있지

122_
옛
시인들 붓으로 시를
썼지, 지금은 키보드나 두들겨
대고

125_

할
말이 없지 먹물이
없나
오늘은 첼로나 하
자…

189_
……

199_
나의 뇌는 온갖
상념의
쓰레기
장

시는

〈시〉는 현실을
축약하고, 발췌하고
잘게 쪼개고, 비틀고, 뭉개고, 힐난하고
포장하고 그, 포장을 해체하고
욕설을 퍼붓고
운다 또는,

현실은 시인에게
악몽이며 시인은
현실 앞에 선
검투사이다 아니, 불순분자
시위꾼이다

촛불 하나 들었거나
가슴에 폭탄을 품었거나

그들은 시를 쓴다

누가 읽거나 말거나…

이번엔
여러 시인을 초대했다
(보내주신 분도 계시고… 감사…)

당신들 이야기를 해
주세요
내 방에들 오셔서…

만나서 방가워요

문학은, 시는

문학은 심오한
넋두리지요

시는 고삐 풀린
노래이지요

23' 허허 先生

노래, 그것들이 내게로 왔다

모든 것은 갑자기 온다
붓글씨만 쓰다가 어느날 갑자기 책에 붙잡힌다
그러다 또 어느날
악기들을 잡게 된다

팔려고 내놨던 고딘 기타를 거둬들여 컴퓨터 로직 프로
그램에 꽂고
나도
꽂혀버렸다, 어느날…
기타를 일렉으로 바꿔 연습하다가 내 MR에 멜로디를 넣
게 되고 그
연주에
사진 또는, 붓글 영상을 얹게 되었다, 유튜브… 크리에이
터…
다시

붓글씨를

쓴다

돌고 돌아 그 자리다
음악, 붓글, 시, 사진… 그러나 같은 상념들

또 어느날 갑자기 무언가에 새로이 꽂혀 하던 일 일순
뭉개기도 하겠지만 결코
멀리 가진 못할 것이다

단순하고 고적한 삶을 결국
실패한 자
그
세계관과 관심사와 어법과, 인품

나라는
인간이란… 차암…

세계가 있고, 거기 내가 있었다
분투했다, 얼마간은 또 거저 살았다

우주가 있고, 내가 차지한 공간이 있었고
시간이 있었다

거기 얼마간 몸부림치고, 파장을 남겼고 몇십여 년을
점유했다 곧, 다
사라진다
다변의 생애였다

여기 남는 글, 시…
그저 누군가의
심심풀이나 될지
이렇게는 살지 말라는 반면교사나
될지

잘난 얘기들, 억지 멋 부려 풀어낸 모국어

성깔 젖은 속내들…

다
풍화 잘 되어
흩어 사라지기를
시간의
바람에

먼 숲, 거기 백 년 넘어 썩은 나무 아래
개미굴 같은 문명 속, 어느 중뿔난 개미 한 마리의 실낱같
은 에피소드,
그 기억들,
내
언어들…

 '사유하는 예술가' 정태춘과 동아시아 인문 정신

김태만*

정태춘은 가수 이전에 시인詩人이다. 그의 데뷔 앨범 『시인의 마을』(1978)과 두 번째 앨범 『사랑과 人生과 永遠의 詩』1980라는 제목에서 그의 시와 시인에 대한 로망을 엿볼 수 있다.

《예기禮記》 「악기樂記」 중에 "시언지, 가영언, 성의영, 율화성(詩言志 , 歌永言 , 聲依永 , 律和聲)"이라는 구절이 있는데, 풀어 말하면 "시란 뜻(志)을 말하고, 노래는 그 말을 길게 늘여 읊는다. 음성은 그 읊조림에 따르며, 율은 그 소리에 조화를 이룬다."라는 의미다. 즉, 시(詩)와 노래(歌)와 소리(聲)와 음률(律)의 관계를 말하는 문장으로, 여기서 '永言(영언)'이란 "말을 길게 늘여 읊는, 즉 창(唱) 또는 노래"의 의미다. "시는 노래로 부를 수 있다"라던 그의 말과 맥을 같이 한다.

이번에 그는 12번째 앨범 『집중호우 사이』2025를 발표하면서, 이를 '문학 프로젝트' 속 하나의 프로그램으로 소개했다. "인간과 세계

* 김태만은 부산대학교에서 중문학을 전공한 뒤 한중 수교 해인 1992년 베이징대학교 박사 과정에 입학해 1996년 '20세기 전반기 중국 지식인 소설과 풍자정신' 연구로 박사 학위를 받았다. 한국해양대학교 동아시아문화전공 교수로 재직 중이며 중국의 문인 루쉰, 중국의 그림과 예술, 동아시아의 해양성 등을 주제로 다수의 저서와 역서를 펴냈고 제3대 국립해양박물관장을 역임했다. '시장밖예술 프로젝트'의 집행위원장을 맡고 있다.

를 바라보는 관점의 심화…", "밥 딜런에게서 받았던 자극…" 등의 인터뷰 내용에서 그가 품은 로망의 근저에 문학에 대한 뜨거움이 또한 꿈틀거리고 있음을 느낄 수 있었다. 그의 내면을 사로잡고 있는 주제나 정서가 어떻게 그런 '문학 프로젝트'로 발현되어 왔는지는 지난 47년의 노래 역정이 잘 말해주고 있다.

이번 앨범 발매에 즈음해 동시 출간되는 노래시집 『집중호우 사이』에 실린 「솔미의 시절」에서 "보슬비 소리에 등불을 켜니 온 산새들 내려와 왁자지껄 / 새벽 안개는 골짜기를 감추고 닭 울음소리 산정을 깨우는구나 …… 서울을 등지고 남쪽 내려왔더니 강은 무심히 북으로 흐르더라 / 배는 물가에 묶여 있고 그 곁으로 물고기들 더 멀리 거슬러 내려가고 / 솜털 꽃씨 한 움큼 움켜쥐고 길고 가녀린 꽃대로 종일 혼들리는"이라는 구절은 삶과 자연에 대한 개인적 서정을 포착하는 섬세한 감성을 느끼게 한다. 보슬비, 산, 강, 골짜기, 안개, 솜털 꽃씨 등 자연에 대한 깊은 애정과 서울살이에 대한 인간적 성찰로 '사람'을 읽어내게 한다.

그의 자연 숭상은 그의 노래 한 곡이 그대로 한 폭의 그림이 되어 눈앞에 펼쳐진다는 점에서 남다르다. 그의 노랫말이 이미지가 강조된 회화시繪畫詩이기 때문이다. 생래적으로 체득된 '형상 사유'의 결과다. 그래서, 그의 노랫말은 자연에 대한 찬미와 더불어 사라지는 것들에 대한 아쉬움을 되새김시키는 강력한 힘을 가진다. '자연'과 '존재' 그리고 '사라지는 것'들에 대한 깊은 성찰은 자연을 통한 존재와 생명의 무상함을 응시하는 성찰적 자세의 축적된 연흔連痕이다.

아울러 그의 정제된 노랫말은 전통 시조詩調가 지니는 운율이나 미학이 지닌 '여백의 미'를 떠올리게도 한다.『금강경』의 "一切有爲法 如夢幻泡影 如露亦如電 應作如是觀(인연 따라 생겨난 모든 것들은 꿈, 환상, 물거품, 그림자 같고, 이슬 같고 번개와 같으니 마땅히 이와 같이 보라)"라는 구절처럼, 사라지는 것들 속에서 순간의 진실을 붙들려는 동아시아 문예 전통과도 맞닿아 있다. 그래서 우리는 그를 단순히 노래하는 가수를 넘어 '사유하는 예술가'로서 동아시아 인문 예술 정신의 계승자이자 대안 예술의 실천자로 조명할 수 있다. 예를 들어, 일본 에도시대 3대 하이쿠俳句 시인 중 하나인 고바야시 잇사小林一茶나 평화 반전주의 작곡가 류이치 사카모토, 중국의 자연自然 시인 도연명, 베트남의 승려이자 평화주의자인 틱낫한 등처럼 동아시아의 여러 예술가가 무상과 평화와 자연을 예술로 표현했던 것과 맥을 같이 한다.

좀 더 들어가면, 그의 노래에서는 불교적 선禪 세계 역시 느낄 수 있다. 그의 노래에는 한국 전통 시가의 미의식은 물론 불교적 무상관無常觀과 관조觀照의 태도가 짙게 배어 있다. 때로는 삶의 덧없음이나 허무 의식 또는 윤회적 사유가 마치『법구경』이나『화엄경』의 세계와도 깊은 공명을 이루는 것처럼 보이기도 한다. 예를 들어,「탁발승의 새벽 노래」, 「사망부가思亡父歌」, 「애고, 도솔천아」 등에는 무상無常과 고苦, 연기緣起 등 불교적 사유가 물씬 배어 있다.

그러나, 1980년대를 지나고 『아, 대한민국..』1991이나 『92년 장마, 종로에서』1993 같은 노래에서는 짙은 사회 비판을 느끼게 한다. 정태춘의 비판의식 뿌리에는 저잣거리의 노래를 채록한 『시경詩經』의 「풍風」 전통에서 시작해 중국 한漢 나라 악부시운동樂府詩運動이나 「삼리삼별三吏三別」로 문명文名을 날린 당唐의 두보杜甫, 그리고 백거이白居易 등에서 발견되는 사회 비판과 뜨거운 민중애民衆愛의 전통과도 맞닿아 있다. 특히 백거이가 전개했던 '신新악부 운동', 즉 당시 썩은 관료들의 핍박으로 도탄에 빠진 시대상을 비판하며 억압받고 피폐한 민중의 삶을 서사敍事함으로써 강력한 사회고발 효과를 의도했던 풍유시諷喩詩, 風諭詩의 전통을 연상하게 한다.

노래시집 『집중호우 사이』에서도 그의 시가 노래가 되는 과정을 엿볼 수 있다. 특히, "새로이 터득해 낸 말을 풀어내는 방식"인 그의 한시漢詩는 독특성과 특별함을 여지없이 보여준다. 평측平仄이나 운율韻律, 대구對句, 나아가 7언이니 5언이니 하는 글자 수 등에 굳이 구애받지 않고 또 때로는 한자와 영어를 엇섞어 쓸 정도로 무한 자유다. 중국 시가 전통에서도 찾기 어려우리만치 자유분방하지만, 하고 싶은 말은 다 표달한다. 사실 한 나라 악부시가 정형성을 파괴하면서도 대중적으로 사랑받을 수 있었던 까닭이 당시 민간에서 불리던 노래의 음률을 그대로 가져와 맛깔나게 되살렸기 때문이었던 것과 같다. 그의 노랫말이 자연스레 노래가 되는 이치이기도 하다. 많은 시들도 그냥 머리로 짜낸 글이 아니라 입에서 흥얼거리는 대로 글로 옮겼기 때문에, 말이나 글이 바로 노래가 되는 것이다. 그게 민요, 판소리, 타령, 마당놀이 정신이자, 짙은 민중성의 뿌리가 아닌가 여겨진다.

「건너간다」1998에서 노래한 것처럼 정태춘은 "환멸의 90년대, 고단한 세기"를 건너와 2000년대로 들어서면서 음악보다는 시작詩作, '붓글씨毛筆', 가죽공예 등 다양한 예술창작 장르를 직접 체험하고 실천해 왔다. 이러한 예술적 실천은 '예술은 곧 삶이고, 삶은 곧 수양'이라는 동아시아 전통 인문 정신의 요체이기도 하다. 이는 '필법筆法은 마음 법心法'이라 했던 서예 전통이나, '무위無爲의 손길'로 자연을 따르던 도가(道家)의 공예 정신, 또한 『예기禮記』에서 말하는 군자의 취미인 '문, 검, 기, 서, 악文劍棋書樂'의 통합과도 깊이 닿아 있다. 영국의 미술 공예운동가 윌리엄 모리스W. Moris가 '생활과 예술의 통일'을 외쳤고, 사회치유와 변혁을 꿈꿨던 독일의 요제프 보이스J. Beuys는 '모든 인간은 예술가'라 주장하며 사회적 예술을 펼치기도 했었는데 하지만, 이들이 주로 사회 비판이나 혁신의 수단으로서 예술을 실험한 경우였던데 반해 정태춘의 예술 세계는 보다 고요하고 사적私的인 수행과 장인정신, 또 그로부터 비롯된 통찰과 울림이 핵심이라는 점에서 차이가 있다. 또 그런 점에서 정태춘의 예술 실천이야말로 동아시아 전통의 '수양적 예술'의 실현으로 여겨진다. 즉, 예술과 삶이 분리

되지 않는 통합적 존재 방식의 실천가라는 얘기다.

『집중호우 사이』를 통해 다시금, 사유하는 예술가의 동아시아 인문 정신을 물씬 느낄 수 있어 기쁘다.

시가 된 노래, 노래가 된 시
—정태춘 노래 시집 『집중호우 사이』 읽기
오민석*

I.

엉뚱하지만, 가끔 이런 생각을 한다. 문명이 현재보다 더 발달할 필요가 있을까. 개발은 이 정도에서 대충 멈추고, 이제부턴 현재의 문명이 가지고 있는 반反인간적인 부분, 반反환경적인 부분, 불평등한 부분, 폭력적인 부분들을 고쳐나가서 지금까지 인류가 이룩한 문명을 친인간적이고, 친환경적이며, 평등하고, 평화로운 공동체를 만드는 일에 더 열중하면 안 될까. 국산 중형 SUV인 내 차를 운전하면서도 가끔 그런 생각을 한다. 도대체 인간에게 차가 이것보다 더 좋을 필요가 있을까. 이 정도면 충분히 편리하고 만족스러운 것 아닌가. 왜 끝없이 기술 개발을 하고 더 좋은 차를 생산해야 하지? 그러나 나의 이런 생각은 자본주의 사회에선 순진한 백일몽에 지나지 않는다. 단 하루라도 새로운 기술을 개발하지 않으면, 새로운 상품을 시장에 내놓지 않으면, 자본가들은 바로 무너진다. 자본가들은 상품의 생산

* 시인이자 문학평론가이며, 현재 단국대학교 영미인문학과 명예교수이다. 1990년 월간 『한길문학』 창간기념 신인상에 시가 당선되어 시인으로 등단하였으며, 1993년 『동아일보』 신춘문예에 문학평론이 당선되며 평론 활동을 시작하였다. 시집과 문학평론집, 문학이론 연구서 등 다수의 문학 관련 책과 송해, 밥 딜런 등을 다룬 대중문화연구서, 그리고 번역서 등을 펴냈고 '단국문학상', '부석평론상', '시와경계문학상', '시작문학상', '편운문학상' 등을 수상하였다.

과 소비 앞에서 그렇게 약하고 그렇게 강한 존재들이다. 그들이 생존하기 위해서 내가 전혀 요구하지 않은 기술이 개발되고, 내 안에 원래 내 것이 아닌 소비 욕망을 불러일으키고, 내가 원하지도 않는 수준과 가격의 상품들을 억지로 구매하게 만든다. 나는 내 자신이 아니라 시스템에 의해 '소비-주체 consuming subject'가 되어서 시장을 굴러가게 하고 이윤을 생성하며 자본가의 배를 부르게 한다. '자본-대타자 the Capital-Other'에게 이렇게 철저히 점령당하고 종속된 삶이 때로 너무나 수치스럽다. 이데올로기의 '호명 interpellation(야, 너!)'에 의해 이데올로기적 주체가 태어난다는 알튀세르의 비유를 들지 않더라도, 우리들은 자본의 호명에 의해 소비-주체로, 소비-기계로 탄생한다. 그리고 얼마나 많이 소비하느냐에 따라 시스템에 유용한 존재인지 아니면 쓸모없는 주체인지 판단을 당한다. 쓸모없다니? 내가 왜?

정태춘의 노래나 노래시를 듣고 읽다 보면 우리는 도처에서 이런 질문을 듣는다. 이런 점에서 그는 도저한 반反문명주의자이고, 반反산업주의자이며, 반反소비주의자이고, 반反성장주의자이며, 고립 자생의 소공동체를 지향하는 아나키스트이다. 다들 돈 벌기에 바쁘고, 자청하여 쓸모 있는 상품이 되기 위하여 몸부림치는 대중음악 시장에서 정태춘의 이런 입장은 참 뜬금없을 뿐만 아니라 신기하기까지 하다. 어떻게 저럴 수 있지? 그러나 공연장의 대형 멀티 비전에 비추어지는 그의 얼굴을 보라. 나는 걸핏하면 노래하는 그의 얼굴을 보곤 울컥하여 체면도 없이 질질 짜곤 하는데, 왜냐하면 그 얼굴에서 철저하게 비타협적인 태도로 소비-주체, 상품-기계가 되기를 평생 거부해 온 한 사내의 늙도록 깊어진 피로와 고독, 슬픔과 자부심과 결기를 보기 때문이다. 그의 얼굴은 그 자체 경악할 현실이면서, 돈과 권력 밖에는 아무것도 모르는 우리 시대의 자랑이고 고통이다.

II.

정태춘은 이 책을 '노래 시집'이라 부른다. 지금까지 한국에서 '노래 시집'이라는 것이 거의 없었으므로 '노래'와 '시'는 이렇게 따로 떨어져 표기될 수도 있다. 그러나 그의 노래는 곧 시이고, 그의 시는 곧 노래이므로, 나는 이 둘을 붙여서 '노래시'라고 부르고 싶다. 노래시는 먼 고대에 음유 시인들의 입에서나 존재했지만, 15세기 중반 구텐베르크의 활자 혁명 이후에 점차 사라져 온 시의 먼 고향 같은 장르이다. 지난 2016년 미국의 대중가수인 밥 딜런은 이런 노래시로 "미국 노래의 위대한 전통 속에서 새로운 시적 표현을 창조했다"라는 스웨덴 한림원의 평가를 받으면서 노벨 문학상을 수상하였다. 그러나 정태춘의 이 노래 시집엔 밥 딜런보다 훨씬 더 복잡한 장르 간의 결합을 통하여 시가 된 노래, 노래가 된 시, 즉 노래시들이 나온다. 그의 노래시들은 단순히 노래와 시의 결합이 아니다. 그것들은 한시漢詩와 그것의 번역시, 전통적인 서정시와 사진과 산문, 이야기시, 그리고 메모와 노랫말 등 다양한 장르의 복잡한 결합으로 이루어져 있다. 이 모든 독립적인 장르들이 자유로운 배열의 과정을 통해 종합적 텍스트로서 정태춘의 노래시가 된다. 전통적인 시에서는 제목도 주석도 모두 시의 일부분으로 취급된다. 그렇다면 그의 노래시에 등장하는 시, 사진, 메모, 산문, 한시, 이야기시, 번역시 등도 모두 그의 노래시의 부분들이다. 그의 노래시는 회화로 치면 일종의 콜라주로서 전통적인 시 장르가 도달하지 못한 새로운 미학의 영역을 개척한다. 그는 장르의 경계에 얽매이지 않고 그것들을 자유로이 넘어 다니며 이질적 텍스트들을 서로 스미고 섞이게 함으로써 그만의 독특한 '상호텍스트성 intertextuality'을 만들어낸다. 가령 「그 집, 늙은 개」에선 한시와 그것의 번역시와 흑백 사진과 산문들이 서로 연결되면서 각각의 장르만으로는 도달할 수 없는 독특한 미학의 경지를 보여준다. 브라크나 피카소 같은 입체파 화가들이 신문, 악보, 잡지, 광고, 벽지 등의 인쇄물을 서로 붙여서 '파피에 콜레'라는 독특한 미학의 세계를 연출했던 것처럼, 그리고 파피에 콜레에 멈추지 않으며 깡통, 머리카락, 실밥 등 캔버스와는 매우 이질적인 것들을 결합하여 모더니티의 부조리를 냉소적으로 풍자했던 다다이스트들처럼, 정태춘은 장르의 구획을 완전히 무시하고 이질적인 텍스트들을 따로 떼어놓거나 하나의 공간에 모아 새로운 예술의 영역을 보여준다.

저길 봐, 온 산에 꽃이야 마을의 한 사내가 말했지
저길 봐, 온 강에 불이야 노을 녘 한 소녀가 말했지
물결 고요한 밤엔 별이 내려와 흐르고
거기 날렵한 초승달 노 저어 건너는
마을의 사내가 말했지, 마을의 소녀가 들었지
철새들 날아가고 거기 물가 고요해진 뒤

내 마음 강물처럼 끝없이 흘러가니

내일 아침에도 지금의 내가 이 강가에 서 있겠느냐고, 어

느날

앞산에 복사꽃 한 아기가 오고

실개천 싸리꽃 한 노인이 가고

저길 봐, 온 산에 꽃이야 저길 봐, 온 강

—「어느 강 마을 이야기」 부분

그림처럼 아름답고 서정적인 "어느 강 마을"의 풍경을 그리고 있는 이 노래시는 이것으로 끝나지 않는다. 이것에 붙여진 다음의 산문을 보라.

①

"물 건너는 나루가 어디 있소?"라고 묻는 건 물론 공자(孔子) 일행이다. 천하를 떠돌며 자기 생각을 펼치게 해 줄 제왕을 찾아 유랑 중이던 그와 그 일행이 밭일하던 농부 장저(長沮)와 걸닉(桀溺)에게 물은 말이다. 두 사람은, 나루는 가르쳐주지 않고 훌륭한 교훈을 한 마디 던지나 공자는 둘을 멸시하고 떠난다.

②

지독한 내 반(反)산업주의와 멀리 유소년기의 어렴풋한 풍광 기억들을 더듬으며 내가 생각하는 이상향에 관한 이야기를 풀어내고 싶었다. 그 지리적 배경은 산속 오지의 강변 마을. 세상으로 왕래할 다

리도 나루도 없는 고립 자생의 소공동체. 화폐도, 은행도, 이자 제도도 없는, 아무리 능력이 뛰어난 자라도 더 많이 보상하지 않는 원시 공산 사회, 〈가비오따스〉처럼 밀림을 개척하고 경제를 확장하는 또한 욕망의 공동체가 아니라 필수 소비와 약간의 문화 소비만 가능한 저(低)생산 사회… 그 사회를 이제 머릿속이 아니라 글로 구체화하고 싶었다. 그것이 "어느 강변 마을 이야기"였다.

—「어느 강 마을 이야기」 부분

①을 통해서 독자들은 이 노래시가 『논어』의 자로와 문진의 이야기에서 동기화되었으며 그것을 배경에 깔고 있다는 사실을 알게 되고, ②를 통하여 앞에 나오는 "어느 강 마을"의 서정적인 풍경이 그의 "반(反)산업주의"에 토대한 "고립 자생의 소공동체", "원시 공산 사회" 같은 "이상향"의 시적 표현임을 알게 된다. 그러므로 이 노래시는 전통적 서정시와 『논어』라는 전혀 다른 텍스트, 반산업주의를 지향하는 유토피아니즘이 한데 어울려 만들어낸 아름다운 시이며, 독서 일기이자, 사상의 편린이다. 이 다채로운 결합을 통해서 알 수 있는 것은 그가 시노래를 통해 그려내는 아름답고 서정적인 풍경들이 그 자체 풍경만이 아니라 겉으로는 드러나지 않는 독서와 사유와 사상으로 이루어진 다양한 층위들의 결합이고 그 표현이라는 사실이다. 그가 그리는 모든 아름다운 풍경엔 사회·역사적 사유와 성찰, 그리고 상상력이 배음처럼 깔려 있다.

III.

1부와 2부 사이의 '막간'엔 「고릴라 다이어리」라는 독특한 이야기시narrative poetry가 있다. "인간의 문명이 멸망하고 오래 뒤, 지구 위에서 고릴라들의 문명이 똑같은 방식으로 진행되"는 것을 내러티브의 근간으로 삼은 이 시는 정태춘이 "한동안 비실명 블로그에 〈고릴라 이야기〉라는 제목으로" 올렸던 연재 글을 다듬은 것이다. 말하자면 정태춘은 시인으로서 인류의 멸망을 가정하고 오랜 세월의 진화 끝에 다시 지구의 주인이 된 고릴라들의 세계를 오래전부터 그리고 있었다. 일차적으로는 인류의 멸망을 가정하는 것 자체를 인류 문명의 심각한 위기와 위험에 대한 정태춘식의 시적 경고로 읽어도 좋다. 정태춘은 근본적인 반문명주의자이므로 인류의 문명이 현재와 같은 방식으로 계속 진행될 경우에 궁극적으로 멸망의 미래로 갈 수밖에 없다고 판단하고 있는 것이다.

문제는 그다음이다. 인류 이후에 지구를 지배할 새로운 종으로 정태춘은 왜 고릴라를 선택했을까. 이 시에서 고릴라는 상반된 두 가지의 상징성을 갖는다. 그 하나는 문명 이전의, 문명에 의해 훼손되지 않는 건강한 원시적 생명성의 상징이다. 프로이트적으로 말하자면, 정태춘은 고릴라를 주인공으로 설정하면서 반문명의 건강한 원시 공동체에 대한 소망의 상징적 해결을 시도하고 있다. 다른 한편, 이 시에서 고릴라는 탐욕과 폭력의 상징이기도 한데 그것은 '건강한 원시적 생명성'의 대척점에 있는 것이다. 이렇게 보면 이 이야기시에서 고릴라는 모순의 공존, 일종의 모순어법으로 존재하는 인간의 복합성을 상징한다고 보면 된다. 이 시의 화자는 "시인 고릴라"로서 시인 정태춘의 아바타에 가깝다. 그는 반문명의 원시적 생명성을 중시하는 주체로서 다음과 같은 고백을 하기도 한다.

내가 전복하고 싶은 문명이 나를 지배하고 있다.
나의 생은 굴욕이다

—「나의 생은 굴욕이다」 전문

고릴라들은 이 시에서 인류가 사라진 후에도 "몇 차례의 약한 빙하기"와 "몇 차례 작은 행성들과의 충돌"들을 거치며 살아남았고 다시 오랜 세월을 거치며 진화한다. 마침내 고릴라들은 거처를 "숲 밖"으로 옮기고 전 지구적으로 매우 정교하게 사회를 조직화하며 먼 과거 21세기의 인간들이 가졌던 "두뇌 능력만큼을" 따라잡는다. 이런 설정은 정태춘의 비극적 세계관을 슬쩍 비춰준다. 인류 멸망 이후 오랜 진화의 시간 끝에 지구에서 건설된 세계 역시 오늘날 인류의 세계와 하등 다를 바 없다는 인식 말이다. 고릴라들은 숲에서 나왔고(=숲을 상실했고)"고릴라 공화국"은 여전히 폭력적 문명의 지배하에 있다. 이 노래시집의 다른 노래시들처럼 이 이야기시에도 헨리 데이빗 소로우의 〈월든〉도 나오고 『맹자』도 나오며(상호텍스트성!), 한시와 그것의 번역시도 나온다. 여기에서도 정태춘의 콜라주 작업이 계속 이어진다는 이야기다. '숲속 정신'을 가진 고릴라들은 "범세계 소비자 파업"이자 "반문명 파업"을 일으키기도 하지만, 고릴라 공화국의

미래에 대한 시인 고릴라의 예언은 매우 절망적이다.

빈한한 낙오자들의 게토, 저 외곽 지역 썩은 나무들 아래
촉촉한 오후 하늘의 무지개 같은 꿈도
꾸어보지 못하고 절망만을 벗한 깡마른 고릴라들이 먼
저, 쓸쓸히
줄줄이 죽어 나가고
마지막까지 살아남을 강한 고릴라
한 마리도 없이, 지구는
최근, 이 네댓 세대 고릴라들의 광기로
불타버리고 말걸세

개발과 풍요와 선진과 자부와 힘과 꿈과 위대…
등의 단어들도 함께 사라지고 말걸세
고요히 존재하는 것

고요히 존재하는 것을
생각한다네

그러면서,
저 무지개 뜨는 강가, 긴 노를 깎는 젊은
고릴라들의 풍경을

날마다

떠올린다네

—「그 답신」부분

이 아름다운 시편은 그것보다 더 아름다운 한 편의 한시와 그것의
번역시로 시작한다.

春來如幼猫 춘래여유묘

花信來如賊 화신래여적

夢者旣下山 몽자기하산

早出江刻櫓 조출강각로

봄은 어린 고양이처럼 오고 꽃 소식 도적처럼 온다네

꿈꾸는 자들 벌써 산에서 내려와 서둘러 강에 나가 노를

깎는다네

—「그 답신」부분

이 놀라운 배열을 통하여 독자들은 〈시인의 마을〉에서 시작하여
〈북한강에서〉, 〈떠나가는 배〉로 이어지는 서정의 힘이 도대체 어디
에서 시작되는 것인지 알게 될 것이다. 그의 서정은 아름다움만 있는
허깨비가 아니라, 세상의 폭력과 고통, 가난과 욕망의 거대 서사를 비
추는 거울이다. 그것은 그 자체로 충분히 아름답지만 문명 세계의 공

339

포와 폭력, 예견된 몰락의 운명을 담고 있어서 늘 "외롭고, 높고, 쓸쓸한"(백석) 것이다.

III.

이 노래시집의 2부와 3부는 최근 나온 12집 음반 〈집중호우 사이〉와 비교적 최근에 만들어진 노래시들을 담고 있다. 내가 볼 때, 특히 2부의 앞부분에 나오는 〈집중호우 사이〉의 노래시들은 지금까지 한국 대중음악이 개인 창작자 차원에서 도달한 최고의 문학적 성취이다. 이는 물론 하루아침에 이루어진 것이 아니라, 첫 음반 〈시인의 마을〉에서 시작하며 무려 12집에 이르는 40여 년의 길고 긴 노정의 결과이다. 정태춘은 이 음반을 준비하면서 사석에서 "그동안 한국 문학에 진 빚을 갚고 싶다"고 말한 적이 있는데, 이 노래시들은 그 빚의 탕감을 넘어서 한국 문학사에 더해진 또 하나의 문학적 성취가 아닐 수 없다. 이 노래시들엔 정태춘의 가슴 속에 남아있던 유토피아적 공동체에 대한 노스탤지어가 가득하다. 그것들은 마치 어린 시절처럼 이미 소멸된 것이거나 사라지고 있는 것들이고, 그 사라짐의 거리만큼이나 고통스럽고 그리운 것들이다.

기러기 날아가는 저 들판 해 질 녘
멀리 울려 퍼지는 총소리를 들었니
소년은 그 들판을 달리고 마을엔 저녁 연기 깔리고
바람도 없이 물 빠지는 갯벌 소년은 안 돌아오고

기러기 떼 날아간다

기러기 떼 날아간다

앞집 어린 누이는 물 건너 시집가고

늦가을 텅 빈 마당 가 쑥부쟁이 여태 피고

큰댁 할아버지 엽총 사냥 나가고, 늙은 포인터 앞세우고

아버지는 객지에서 돌아오고 소년은 아직 안 돌아오고

기러기 떼 날아간다

기러기 떼 날아간다

—「기러기」 부분

이 아름답고 슬픈 풍경의 기본 정조는 "안 돌아오고"라는 문장과 "날아간다"라는 문장의 반복에 깔려 있다. "바람도 없이 물 빠지는 갯벌"에서 소년은 왜 안 돌아올까. "어린 누이는 물 건너 시집가고" "늦가을 텅 빈 마당 가 쑥부쟁이"는 "여태 피"는데 소년은 왜 안 돌아올까. 소년은 누구이고 무엇일까. 이 시의 화자는 왜 계속해서 돌아오지 않는 소년을 생각할까. 이런 질문에 대한 대답은, 이미 이 글이 앞에서 이야기한 것을 찬찬히 읽은 독자라면 누구든지 짐작할 수 있을 것이다. 그것은 순수했으나 사라진 유년이고, 그 유년과 함께 했던 정겨운 농촌 공동체이고, 이제는 돌이킬 수 없는 유토피아의 그림자이다.

오래 잊혀진 나루에 배는 없고 나는 거기 지는 해 바라본다

오늘이 며칠이냐고 내가 내게 자꾸 묻는다

강은 깊은 산 휘돌아 흘러와 여주 도리 그 강둑길을 지나

뽀얀 노을빛 꿈결 같은 서쪽 마을 너머로 사라지는구나

다시 생각한다, 그때

어느 산길 끝에서 내가 본 것은

"길이 없습니다"라는 작은 간판

그리고,

그 안에 은밀히 숨겨져 있던 두 노인의 조용한 거처

돌아 나오다 돌아 나오다 이렇게 끝일까 생각했었다

그 산길 계곡 물소리 들으며 뛰어 내려오다 서 있다 했었

다

오… 계절 깊어 가고

오… 그 집, 문득 숲이 되어 있었다

—「도리 강변에서」 부분

　이 노래시의 정조도 앞의 노래시와 마찬가지로 이제는 "없고" "사라지는" 것에 대한 사유이다. 이제 더 이상 "길이 없습니다"라는 간판은 얼마나 치명적이고 자조적인 진단인가. "도리 강변"은, 짐작하겠지만, 문명이나 산업과 대척점에 있는 자연과 생명의 공간이다. 자본과 문명의 폭력에 시달릴 때마다 정태춘 시인이 떠올리는 것은 이렇게 그것과 정반대의 문법으로 굴러가는 자연의 공간이다. 그러나

그 "산길 끝에서 내가 본 것은" '길이 없습니다'라는 지시어이고, 그곳에 "은밀히 숨겨져 있던 두 노인의 조용한 거처"이다. 노인들은 종말에 가까이 임한 존재들이다. 계절이 계속 깊어가고 시인은 그 집도 "문득 숲이 되어 있"는 것을 본다. "도리 강변"은 이렇게 숲이 문명의 역사를 지우는 공간이고 시인이 그곳에서 반문명의 길을 찾는 장소이다.

지금까지 이야기한 것을 종합해 보면, 정태춘 시인에게 이 세상은 명백히 문명과 산업과 자본 지배의 디스토피아이다. 불행하게도 이 끔찍한 디스토피아에서 정태춘은 그것과 정반대의 유토피아를 찾는다. 이 노래시집은 그렇게 서늘하게 아름다운 비극의 오디세이아이다. 그러나 보라. 지금 우리가 누리고 있는 것의 대부분은 먼 과거엔 실현 불가능하고 말도 안 되는 것처럼 보이던 유토피아였다. 지금 여기에 없는 것을 꿈꾸는 것이 유토피아주의라면, 바로 그런 점에서 그것은 매우 더디지만 없는 것을 있는 것으로 전화하는 과정이기도 하다. 에른스트 블로흐 E. Bloch의 말대로 유토피아주의는 '희망의 원리'이다. 정태춘 시인은 환멸의 디스토피아에서 실낱같은 희망을 부여잡고 도래할 유토피아를 꿈꾼다. 그의 노래시들은 비극이면서 승리를 예고하는 희극이며, 극도의 절망이면서 간곡하고 아름다운 희망이다.

그의 문학적 욕망이 가장 자유롭게,
집중적으로 발현된 작업의 결과물*

김창남**

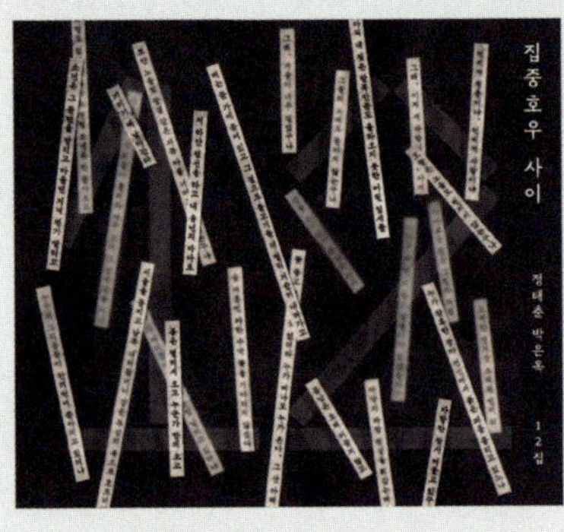

태초에 노래가 있었다. 저 아득하게 먼 옛날, 무언가 표현하고 싶은 욕망에 사로잡힌 누군가가 자신도 모르게 토해내던 어떤 흥얼거림, 몸짓과 소리의 덩어리, 그것을 노래라 부를 수 있다면, 거기에서 말이 시작되고 시가 나왔다. 포크Folk는 바로 그런 노래의 원초적인 형식에 가장 가까운 장르다. 포크에서 중요한 것은 악기와 사운드, 음악적 스타일이 아니라 바로 그 속에 담긴 언어, 전하고자 하는 이야기다. 사람은 이야기 속에서 살고 이야기를 통해 정체성

* (편집자 주) 책 출간과 동시에 동명 앨범 <집중호우 사이>가 발매되었다. 거기 실린 앨범의 리뷰를 여기에도 함께 싣는다.

** 서울대학교 경영학과를 졸업하고, 동 대학원 신문학과(현 언론정보학과)에서 석사와 박사 과정을 마쳤다. 1980년대부터 문화평론가로 활동해왔으며 월간 <말>, <사회평론>, 계간 <민족예술> 등의 편집위원을 역임했고 현재 성공회대학교 신문방송학과 명예교수이다. 한국대중음악상 선정위원회 위원장, 한국민족음악인협회 이사, 우리만화연대 이사 등으로 활동하고 있다.

을 구성하며 자신을 표현하고 타자와 관계를 맺는다. 삶은 이야기의 연쇄이고 노래는 그 이야기를 담는 가장 중요한 그릇 가운데 하나다. 정태춘의 노래는 바로 그런 노래의 원형적 모습을 잘 보여주는, 그런 의미에서 가장 포크다운 음악이다. 그가 오랫동안 음유시인이란 이름으로 불리는 이유이기도 하다.

전작 〈바다로 가는 시내버스〉2012 이후 무려 13년이 훌쩍 지나 새롭게 내놓는 정태춘-박은옥의 새 앨범 〈집중호우 사이〉는 세상을 응시하며 그 속에 담긴 이야기들을 시적 울림으로 그려내는 정태춘 음악의 특질이 여전히 살아있음을 잘 보여준다. 그는 마치 카메라 같은 시선으로 그가 목격한 세상의 다양한 풍경들을 읽어낸다. 세상을 대하는 그 카메라는 한층 깊어지고 더욱 농밀해졌다. 언뜻 하찮아 보이는 눈앞의 풍경은 그의 조용한 읊조림 속에서 음악적 상상력과 결합하며, 여러 시간과 공간의 층위로 확장된다. 해 질 녘 들판을 날아가는 기러기〈기러기〉는 무슨 이유에선지 아직 돌아오지 않는 소년의 이야기로 연결되고, 산길 끝에 서 있는 '길이 없습니다'라 쓰인 작은 간판〈도리 강변에서〉은, 모두 떠나고 남은 이 없는 어느 강변의 어둠으로 확장된다. 생선구이 집 쪽창에 붙박인 작은 범선의 그림〈나의 범선들은 도시를 떠났다〉은 불모의 시멘트와 아스팔트, 도시의 메마른 숲으로 이어진다.

그 노래들이 그려내는 풍경은 대체로 어딘가 황량하고 쓸쓸하다.

거기에는 늘 잃어버린, 혹은 사라진, 그래서 문득 아쉽고 허전한 유토피아의 그림자가 아른거린다. 생각해 보면 자연스러운 일이다. 40여 년 전 처음 음악의 길을 들어섰을 때부터 그는 언제나 잃어버린 고향, 누군가에게 빼앗긴 유토피아를 이야기해 왔고, 이를 되찾기 위한 싸움에 주저 없이 뛰어들어 거리를 누비는 투사의 이미지를 얻기도 했다. 칠순을 넘긴 시점에도 세상을 응시하는 정태춘의 시선은 여전히 낮고 여린 곳, 무너지고 밟히고 사라진 곳을 향해 있다. 하지만 그의 시선은 단지 현실의 황량함에 머물지 않는다. 그 속에는, 전쟁 같은 장마의 포성이 사라지고 나면 간지러운 햇살을 맞을 준비를 하는 어린 농게들〈집중호우 사이〉이 있고, 봄날은 오래 머물지 않고 누군가 떠나지만 또 다른 누군가가 다시 오며〈하동 언덕 매화 놀이〉, 세상에 눈물이 넘쳐도 저녁 숲으로 돌아오는 붉은 동백〈폭설, 동백의 노래〉이 있고, 노랗게 피었다 꿈같은 씨앗 되어 세상으로 흩어지는 민들레〈민들레 시집〉의 희망이 있다.

노래는 본디 시와 음악의 결합이지만 대체로 대중음악의 역사는 노래의 시적 차원이 점차 약화되고 감각적인 사운드와 리듬의 육체성이 더욱 강화되어 온 역사라 할 수 있다. 그런 의미에서 처음부터 시적 정취를 강하게 띠고 있던 정태춘의 노래는 그 문학적 지향이 강력한 음악적 질감을 만들어낸 희귀한 사례에 속한다. 그의 창작은 늘 음악적 욕망보다 언어 혹은 문학적 표현에 대한 갈망에서 비롯되어왔다.

이번 새 앨범은 이른바 상업적 대중음악을 둘러싼 모든 제약에서 벗어나 그의 문학적 욕망이 가장 자유롭게, 집중적으로 발현된 작업의 결과물이다. 음악과 사운드는 가수의 목소리를 가리지 않도록 최대한 절제되며 노랫말의 문학적 질감을 도드라지게 하는 딱 그 지점까지 작동한다. 그렇다고 음악적으로 단순하다는 뜻은 아니다. 포크의 기반 위에서 록과 팝, 트로트의 요소까지 다양하게 동원된 음악적 자원들은 그의 노래가 늘 그렇듯 노랫말에 적절하게 어우러지면서 아름답게 공명한다.

그렇기에 이 노래들은 그저 흘러가는 소리에 감각적으로 몸을 맡기는 방식이 아니라 노래와 함께 가사를 음미하며 그가 그려내는 풍경을 머릿속으로 떠올리고 되풀이 생각해야만 온전히 느낄 수 있다. 사운드와 리듬에 육체적으로 반응하며 감각적 즐거움을 찾는 요즘 대중음악의 일반적인 청취 방식으로 그의 노래가 가진 그 깊이와 질감을 제대로 느끼기는 어렵다.

그러고 보면 정태춘은 이번 앨범을 통해 또 하나 묵직한 사회적 발언을 던지고 있는 셈이다. 물질적 감각과 자극, 직설적이고 즉각적인 욕망의 추구가 당연하게 받아들여지는 이 세상에서, 시적 성찰과 사유가 갖는 의미가 무엇인지 생각하게 하는 것이다. 노래가 가진 가장 원초적인 의미를 새삼 되돌아보게 하는 것이다.

시와 시 메모들이 노래가 되더니
노래가 앨범이 되고, 결국
책이 되었다

노래가 되지 못한 이야기들이
노래 앞뒤에 실렸다

나는 계속 말을 하고 있다
노래로, 붓글로, 시로, 산문으로

아직은
그렇게 벗들 곁에서 멀리
떠나고 싶지 않은 것인지도
모른다

세상 모든 것에 감탄하는
지혜로운 사람들의 공간
호밀밭

집중호우 사이

ⓒ 2025, 정태춘(鄭泰春, Joung Tae Choon)

초판 1쇄	2025년 05월 06일
지은이	정태춘
펴낸이	장현정
편집	정진리
디자인	김희연
마케팅	최문섭, 김명신
경영지원	김태희
펴낸곳	호밀밭
등록	2008년 11월 12일(제338-2008-6호)
주소	부산광역시 수영구 연수로 357번길 17-8
전화	051-751-8001
팩스	0505-510-4675
홈페이지	homilbooks.com
전자우편	homilbooks@naver.com
ISBN	979-11-6826-154-9 03810

※ 이 책 내용의 전부 또는 일부를 재사용하려면 반드시 저작권자와
출판사의 동의를 받아야 합니다.

※ 가격은 뒤표지에 표시되어 있습니다.